毎度、天国飯店です

竹村和貢

幻冬舎MC

毎度、天国飯店です

一

「あいつの前歯は全部入れ歯やで」

おっちゃんは店から出て行く男を、うすら笑みを浮かべながら見送る。

夏生《なつお》はおっちゃんから窓の方に目を移した。窓の外側にはアルミ製の格子が設えてある。その格子の間に男が見えた。格子と格子の間に、歩く男の顔が見えたり消えたりする。一間あるガラス窓の左端から男が消えようとする直前、男がこちらを見た。太い眉のすぐ下にある大きな目が夏生を見た。目が合った瞬間、肩を掴まれるような圧迫感が夏生を押した。

西側の入り口と窓から昼過ぎの陽光が入ってくる。それに照らされ艶々と光った白く太い腕を組み直し、自分の前歯を爪で叩きながらおっちゃんが言う。

「あいつは組に入った当時、兄貴分に前歯折られてなあ。ほれから何年や。少しは組で働けるようになったんやろ。いつの間にか、前歯が生えとった。真っ白い前歯や」

時計は午後二時半だ。夏生がアルバイト生として勤める天国飯店には、客は誰もいない。十分ほど前に前歯の男がやって来て

一

「兄ちゃん、餃子二人前、お持ち帰りや」

とカウンターに肘をつくなり言ったのだった。「お持ち帰り」やと？　俺に持って帰れっちゅうのんか、この兄ィは。我が身が持って帰るんなら「持ち帰り」やろ。夏生は前歯の言葉遣いに嫌悪を感じる。

「餃子二人前。持ち帰り！」

夏生が注文承りの声を上げる。

「餃子二人前、お持ち帰り」

おっちゃんの復唱が聞こえた。


夏生が上洛した四月六日は初夏を思わせる陽気だった。

一人で下宿生活をしながら大学に通う。家財道具は布団が一組と座机、あとは着替えや鍋や茶碗などが入った段ボール箱が一つ。父親が運転する軽トラックの荷台に乗せて京都まで運んだ。道中、学生用の下宿斡旋業者に立ち寄り、手頃な部屋を物色した。運よく六畳間が見つかった。家賃は月二万円。決して高くはないという。その下宿は、大学からもさして遠くない大将軍にあった。

近くにあるラーメン屋で遅い昼食をとり、「火事だけは出すな」と一声かけて父親は軽トラックで帰っていった。トラックが左折して西大路通りに消えると、夏生はカンカンと鉄製の階段を上って、自分の部屋に向かった。夏生の下宿は階下が全て貸駐車場になっており、契約者の自動車が数台並んでいる。そして自動車二台分くらいが下宿生にあてがわれ、彼らの原付バイクや自転車が乱雑に置かれてあった。その二階に学生用の下宿部屋が長屋のように五つ並んでいる。夏生の部屋は一番右端にあった。

自室に入り、息を深く吸い込んだ。部屋の西側に一つだけある窓は半間の幅で、蛍光灯を点けないと昼間でも部屋の中は薄暗かった。吸い込んだ空気はほんのり甘く、少し重量を感じさせる湿っぽさがあった。吸い込んだ空気をゆっくり吐くと、先が見えない時間に何か軽く明るいものを感じる。

窓がある西側の壁は板張りで、これまでの下宿生がアイドルスターか何かのポスターやメモ紙などを貼り付けたのであろう画鋲の穴がいくつも空いていた。入り口は部屋の東側にある。半間の開き戸には、その前に立つと顔の前辺りの高さに型板ガラスがはめ込まれ、採光と目隠しの役目を果たしていた。開き戸の右手に小さなシンクとガスコンロが備え付けられており、左手は半間の押し入れになっていた。

西の窓から差し込む陽光はだんだんと弱くなり、夏生の白いシャツだけがぼんやりとその存在を示しているようだった。仰向けになって目を閉じる。瞼の端っこに昨日までの一年がぼやけて見えた。

友人のほとんどが進学する中、夏生は近所にある農家の畑仕事を手伝いながらじっくり本を読む生活を選んだ。雨や風の強い日は朝から、晴れた日は畑から帰った夕刻から深夜まで手当たり次第に本を読む生活だ。進学に向けた高校生活に「俺は望まないレールに乗っている」と感じたのは高校三年の夏。それ以来、進学に向けた準備を中断したのだった。畑仕事の見返りで手にする多くない報酬は全て本代に変わる。土や野菜や豆たちを触り紙のページをめくる日々は楽しかったが、これこそ俺が求めていた生活だと思える日は来なかった。一人じゃだめだ。志を一緒にできる仲間がほしい。秋が終わりかけ畑仕事の手伝いが必要でなくなった頃、夏生は去年の夏に中断した受験勉強を再開した。

座机しかない六畳間には音がない。仰向けで目を閉じているとスーッと暗幕が引かれていく。この部屋で四年間生活するんだなあ。本をたくさん読もう……。

目が覚めた。半間の窓の外は薄暗い。部屋の中には座机と段ボール箱以外、何もない。夏生は、一人きりの下宿生活が本当に始まったことを実感した。何をしようが自由だが、何をするにも全て自分で用意をしなければならない。生活の歯車を一つひとつ嚙み合わせていかねばならない。

薄暗さの中で膝を抱えていると、ザッ、ザッと音が聞こえた。誰かがサンダル履きで歩いている。その音がだんだん近くなると夏生の部屋のドアにはめられた型板ガラスに人影が映った。音が止まると、人影はトントンとガラス板をノックした。誰だ、夕方に。新聞の勧誘か。新興宗教か青年政治団体か。上洛前に、やはり学生時代を京都で過ごした高校の恩師に聞いた話がチカチカと浮かび上がった。

「はい」

ノックに応えて夏生は立ち上がった。もう一度「はい」と弱々しく返事してノブを回す。ドアの外には細身の青年がいた。五つの部屋の前には幅二メートルほどのコンクリートの「廊下」があり、共同の洗濯機や簡単なシンク、そして下宿生が使うピンクの公衆電話が一台置かれている。その「廊下」の電灯に照らされた青年は耳が隠れるほど

一

髪が伸び、頬がこけていた。

「突然ごめんなぁ。俺、隣の部屋の西山いうねんけど、自分は今日越してきたん？」

西山と名乗った青年はニコニコと笑いながら、相当の早口で問うてきた。関西では「おまえ」を「自分」というのかと夏生は西山の関西弁を聞いていた。

「はい。無藤です。無藤夏生といいます」

「そうかぁ。そんで、自分、晩飯食うたん？」

「いえ、まだですが」

西山は、ほんならと夏生を晩飯に誘った。部屋には鍋や備え付けのガスコンロがあったが、野菜や麺類など、腹に入れるものはなかった。突然の訪問だが、その口調に強引さを感じさせない西山に夏生は好感を持った。西山には人の懐にどかどかと入ってくる田舎臭さがなかった。

「中華でええか？」

西山は夏生に微笑むが、夏生の返事を前に「ほな、行こか」と踵を返して歩き出した。

「ほんまは、チャリで行くとええんやが、自分はチャリないやろぉ」

歩きやと十分ほどやと促しながら、西山は鉄製の階段をパタンパタンと下りていった。

下宿を出て、二人は西大路通りと交差する街道を東に向かって歩く。並んで歩く西山が煙草に火をつけ一息煙を吐いた。夏生は煙草を吸わないが西山の煙が目の前で広がっても何とも思わなかった。

「西山さんは何年生なんですか」

「三回生やねん。哲学科におんねん」

西山は煙草を挟んだ指で頭を掻いた。

「自分はいくつになんの」

「一年ブラブラしてたのでもうじき二十歳です」

「そうかあ。ちゅうことは、今年は一九八〇年やさかい自分は六〇年生まれか」

「そうです」

「まあ、二十歳超えたらおっさんやで」

西山は煙草を吸いながら成人式には出なかったことや歌手の山口百恵が婚約と引退を表明したことが悲しいと加えた。

西山が誘った店は、天国飯店という十二、三人入れば、満席になるカウンターだけの小さな中華料理屋だという。この三月まで餃子六個入り一皿百円だったのが、採算が合わなくなり百二十円になったという。学生や肉体労働者が主たる客筋なので、どの料理も安くて腹がいっぱいになると西山は力んだ。店が見えてくると、最後に西山は「俺なあ、あっこでバイトしてたんねん」と結んだ。

天国飯店は、もう百メートルも歩けば千本通りに出る辺り、夏生たちが歩いてきた街道が南北に走る何本目かの街道と交差する四つ辻の南東にあった。四月の薄暮の中、天国飯店と書かれた四角い看板の周りを縁取るように、行儀よく並んだ黄色い電球が点滅している。電球の点滅は光を右回りに回転させているように見えた。その黄色い光の回転は、腹を空かせた客を店の中に誘っているようだ。

「もう六時や。腹へったなあ」

西山は夏生が戸惑わぬようにと先に店の中に入っていった。

「いらっしゃあい」

男の声が聞こえたが、夏生の目に最初に飛び込んできたのはカウンターの朱色だった。天井の蛍光灯に照らされて艶々と光っている。そのカウンターの前には、座面が円形の黄色いカウンタースツールが等間隔で並んでいた。西山が座面をクルッと回転させて座ると、その左隣に夏生も座った。

「今日はバイトさんがおらへんで、わし一人でたいへんなんや。西山君、暇なら入ってんか」

厨房には身長が百八十はあろうと思われる男性が一人。こちらに背を向けてガタン、ガタンと中華鍋を振っている。

「何する？」

西山はおっちゃんを無視し、夏生を見てから視線を上方に向けた。そこには、メニューが書かれたプラスチック製の板が、カウンターの客に見やすいように傾斜を付けて吊り下げられていた。夏生はこれまで中華料理屋というところに入ったことがなかった。彼が育った小さな町には大衆食堂はあったが中華料理店のように専門の料理を出す店はなかった。餃子は「ぎょうざ」と読めた。炒飯も「チャーハン」と読めた。天津飯《てんしんはん》、爆肉《パーロー》、芙蓉蟹《フーヨーハイ》は読めなかった。読めなかったし、どんな料理なのかも分からなかった。

「ここは定食もあんねで。四種類や。どれも三百五十円やし、まあまあ腹いっぱいになんで」

西山が振り向いた壁には四つ切大の紙がセロテープで貼られていた。切り取られたカレンダーの裏を利用して「定食」と太いマジックインキで手書きされている。四種類の

一

定食の中で一番よく出るのがマトンを使ったジンギスカン定食だと西山は言った。けれども彼が注文したのはレバー炒め定食だった。

「レバー炒め好っきゃねん。食うた後に体が軽くなる感じがするんや。精が付くちゅう感じやなあ」

夏生はジンギスカンもレバー炒めも食べたことがない。残る二つは八宝菜と肉団子の定食だった。この二つなら知っている。肉の文字に惹かれ夏生は肉団子定食に決めた。

「レバーと団子」

おっちゃんが先客に出来上がった料理を出すのを見て西山が注文した。

「レバー炒め、肉団子」

おっちゃんは低い声で復唱しながらプラスチック製の皿を二枚まな板の上に並べた。

二人の注文が通ると、西山は尋ねもしない夏生に話し始めた。天国飯店はおっちゃんとアルバイト生と二人で切り盛りしていること。平日のアルバイトは午後五時から九時までであること。時給は四百五十円であること。アルバイトの日は晩飯を店で食べられること。しかも、ただであることが一番ええんやと西山は自分で言って自分で頷いた。

平日四時間で千八百円の飯付き。月に十日入って一万八千円。親からの仕送りは月六万円だから、その四分の一ほどになる。アルバイトの仕事内容はどんなものだろうか。おっちゃんが調理にかかり切りになれば、店が必要とする残りの仕事のほとんどをアルバイト生がするのだろうか。中華鍋を振るおっちゃんの背を見ながら西山の話を聞いて、夏生は思った。

ジャーッと湯気を上げながらレバー炒めが皿に盛られた。丼に飯を盛り、「レバーは自分やろ」と、おっちゃんは西山の前のカウンターにレバー炒め定食を置いた。西山はいつも食べているらしい。夏生が初めて見るレバー炒めは、ドロリと餡かけ仕立てになっていた。五センチ四方大に切られたレバーは熱を吸って薄い茶色のような灰色のような色になっている。そのレバーたちを包むように隠すように、ザク切りのキャベツと薄切りの玉ねぎが絡まっていた。

先に食べるでと一言呟いて、西山は湯気が立つ皿からレバーと野菜を箸で摘まみ上げ、ハフッと口の中に押し込んだ。二口目を飲み込んでから、

「定食やしな、ほんまは沢庵も付いてんねんけど、俺、沢庵苦手やねん」

西山は早口だが、食べるのも速かった。皿に盛られたレバー炒めはもう半分ほどに減っている。ほとんど野菜になったレバー炒めを、西山は箸ですくって飯の上にかけた。

そして、その餡かけ野菜がのった飯を一口頬張った。

「これすると丼におかずが付くやろ。そやでおっちゃん嫌がるねん。飯だけの丼やったら水洗いだけで済むんやな」

西山は自分をアルバイトに誘っている。夏生はすっかり理解した。

「はい、お待ちどうさん」

夏生の前に肉団子定食が置かれた。楕円形のプラスチック皿に盛られた料理が湯気を立てている。湯気を吸い込むと甘酸っぱい香りが鼻腔を突いた。ピンポン玉くらいの肉団子が五つ、オレンジ色の人参や緑のピーマン、熱が通って透明感が出始めた白い玉ねぎが茶色い餡に絡まって艶々と光っている。

「いただきます」

夏生は肉団子にかぶり付いた。表面に程よい弾力を感じたが中は柔らかだった。半球になった肉団子が口の中に落ちる。熱い。ハフハフと口から肉団子の温度を息といっしょに吐いた。乱切りの人参と、くし切りの玉ねぎは、大きなかたまりに見える。おっちゃんの調理時間は数分だったが果たして野菜に十分熱が通っているのか。夏生は野菜を頬ばった。うぐっ、熱さのために野菜を口の中で右に左に動かしながらも野菜を噛む。

人参も玉ねぎも歯応えは柔らかく、二度、三度噛むと飲み込んでしまう。夏生はネギ類など香りの強い野菜が苦手だが、甘酢餡に絡められた玉ねぎはうっすら甘く美味かった。

二人が食べ終わると、おっちゃんが夏生に話しかけてきた。

「自分は新入生かぁ。いつ、こっちに来たんや」

「はあ、今日です」

「そうかぁ。西山君、バイトさんよろしゅう頼むで」

バイトさん頼むでとは、早く新人を見つけてこいという意味だと分かった。おっちゃんは、夏生をギュッと見つめてからニコッと笑った。

店の外はすっかり夜になっていた。西山の言うとおり、定食は夏生の腹を十分に満たしている。肉団子定食三百五十円、覚えやすい値段だ。

「美味かったやろ。そんでぇ、勘のいい自分ならもうわかったと思うけど、あの店、今バイト探してんねん。俺の他にあと二人いるんやけど、三人ではなかなかきついねん。バイト代は高いとはいえんけど、飯も食えるしなぁ。自分、あっこの店でバイトしてみいひんか」

やっぱりきたか、と夏生は思った。西山の口調は「嫌なら別にかめへんで」という、フッと吹いたら簡単に次のところへ飛んでいってしまいそうな軽さがあった。

「やります」

口の中に肉団子の甘酸っぱさを感じながら、夏生はあっさりと返事した。返事しながら、天国飯店でアルバイトすることが初めから用意されていたかのように感じた。生活の歯車が一つできた。

帰り道、西山はアルバイト専用のズボンを用意するとよいことを話してくれた。四時間とはいえ、数回厨房に入ると油や料理の臭いが染み付いて洗濯しても落ちなくなるという。

「ジーパンでええねん。古いやつがあったら、それでええんや。おっちゃんも店に来てズボンはき替えてはる。あとなあ、自分も髪長いやろ。タオルか何かで髪の毛が料理に落ちんようにせんとあかんなあ。俺も長いさかいタオルを鉢巻みたいに巻いてんねん」

西山は、明日アルバイトに入るから一度見に来るとよいと付け足した。

下宿に戻る道すがら、街道沿いの家々から灯りが漏れていた。日曜日の夕刻だ。みんな明日からの一週間に備えて呼吸を整えているようだ。

アルバイト見習いとして、西山と一緒に店に入ってから二週間ほどが経った。

初日に、「無藤君、何も難しいことあらへんからな。西山君をよう見て、早う一人でできるようになってな」とおっちゃんは言ったきり、仕事中はほとんど指図をしない。西山も必要以上に話さない。夏生が初めに覚えたのは、注文の受け方と餃子の焼き方だった。

夕飯時を迎える頃、店に客がやって来る。

「何しましょ」

西山の対応に、客は「天津飯と餃子」と注文する。

「天飯、餃子」

西山の発声に、おっちゃんが「天津飯」と低く復唱し、コンロに点火する。西山は八角の中華皿に飯を盛り、平たくならす。と、突っ立ている夏生と目を合わせてから、ヒョイと餃子焼器の方に視線を送る。餃子を焼くことが自分に振られたと気付いて、夏生は大きな業務用冷蔵庫から餃子が並んだバットを取り出した。天国飯店の餃子焼器は鉄板製の長方形の鍋が左右に二つ並んだものだ。手前のコックを全開にして強火にしてから、夏生はバットから餃子を三つ、小指以外の四本の指で摘まみ上げ餃子焼器の鍋に並べる。黒い鉄板鍋に白い餃子が六つ縦に並んだところで、焼器の横に置いてあるサラダ油の入った薬缶を餃子の上で揺らす。十も数えないうちに、鍋の表面に垂れた油がチリチリと音を立て小さな球形の泡を作り始めた。

おっちゃんは、油の煙を上げ始めた中華鍋に溶き卵を流し入れ、天津飯の具を作っている。天国飯店の天津飯は二百五十円。安い方から数えて三番目くらいのメニューだ。安さに加え甘酢餡が疲れた体に効くのか、肉体労働者風の男たちや学生たちがよく注文する。二百五十円だから、飯の上の具はもちろん「かに玉」ではない。小口切りの青ネギと細切りの人参が入った円形の卵焼きだ。この卵焼きをならした飯に被せ、その上に熱い甘酢餡をかける。ものの一、二分で出来上がる簡単な料理だった。今、おっちゃんが黄色い卵の上に湯気が立つ甘酢餡をかけている。西山は、レンゲを持って待ち構え、餡をかけ終わったおっちゃんと入れ替わるように、レンゲを添えて出来上がった天津飯を客の前に出した。客に天津飯を出すという一連の作業を無言で流している二人は、体も気持ちも同じ方向を向いていると夏生には見えた。

客が天津飯を一口食べるのを見てから、西山は夏生の方にやって来て鍋に置かれた餃子を摘まみ上げた。餃子の底が少しだがキツネ色になり始めている。

「もうちょい色付いたらええわ。水入れて蓋《ふた》しいや」

これだけ言うと、西山は天津飯の客のコップに冷水を注ぎに離れていった。客はゆっくりと天津飯を食べている。餃子を蒸すための水は、焼器の下に置かれた一斗缶に満たされていた。この水を柄杓ですくって鍋に入れるのだ。夏生はもう一度、餃子の底のキツネ色を確かめて柄杓で水を注いだ。ジョワーッと勢いよく湯気が上がる。夏生はそれっと鍋に蓋をかぶせる。餃子の皮の焦げや油の臭いが交じった湯気で前が見えなくなった。アルバイト生が着る白衣に付いた臭いはこの湯気の臭いかと夏生は思った。

しばらくすると鍋と蓋の隙間から湯気が出なくなる。

「餃子を出すタイミングがピッタシいかんのや。鍋が冷めている時は、特にな」

おっちゃんは夏生の横に立つと蓋を外した。餃子はジジリと音を立てている。白い皮には透明感が出ていた。おっちゃんは餃子返しで隣り合った餃子と餃子を剥がすようにして焼き上がり具合を見た。

「餃子と餃子がくっ付いているところを見るんや。そこがまだ白かったら、皮がまだ生や」

夏生は鍋を覗き込んだ。餃子の皮にもすっかり熱が通っている。夏生はおっちゃんから餃子返しを受け取ると、餃子を鍋から剥がすように返しを滑り込ませた。そしてクルッと餃子を裏返してプラスチック皿に盛った。同時に西山がこちらに手を伸ばす。二人の間で餃子ののった皿が受け渡される。西山は背を向けるとカウンターにすたすたと進み、まだいくらか残っている天津飯の横に餃子を置いた。夏生のところからも白い八角の深鉢に黄色い餡かけ卵が見えた。客は待ちわびたかのように、小皿に入れた酢醤油に餃子を浸して食べ始める。続けて二切れ。客が注文した料理は小さい時間差で全て出せるとよい。夏生は、おっちゃんがさっき呟いた「ピッタシのタイミング」の意味を客の様子から理解した。

夕飯時は六時から七時半の間がラッシュになる。シンクに溜まった食器やグラスを洗い、一息つくと八時過ぎになった。すると店は閉店支度に入るのだ。カウンターに置かれた酢醤油やラー油、ソースなどを補充し、床に水を流してデッキブラシで掃除する。それでも遅い客がやって来る時があるが、客足が途絶えたとみると、おっちゃんは「閉めてや」とアルバイト生に声をかける。そして、レジスターの売上合計を出すボタンをチンッと弾いて本日の売り上げを確かめる。天国飯店では即金でアルバイト代が渡された。おっちゃんは、レジのドロワーから札や小銭を取り出すと、

「わしゃぁ、明日には死んでるかも知れへんしな」

と言いながら、アルバイト代を裸で渡してくる。夏生はアルバイト代が即金であることが嬉しかった。この二週間、西山と一緒に六回アルバイトに入った。夏生は仕送りと区別するためにアルバイト代専用の封筒を作ったが、その封筒には今夜で一万八百円が溜まることになる。大学では単位履修のガイダンスや学生自治会による学生生活オリエンテーションが終わり、いよいよ本格的に講義や演習が始まる。夏生は、溜まったアルバイト代で本を買うことが楽しみだった。

帰り道、西山が切り出した。

「自分はなかなか呑み込みがええなあ。次から一人で入ってみるか」

「えっ、次からですか。西山さんはいつ頃から一人になったんですか」

「よう覚えてへんけど、ゴールデンウィーク前くらいやったかなあ」

天国飯店の定休日は毎週火曜日。アルバイト生四人で、月曜から土曜の間の五営業日を分担する。四人のうち誰か一人が二営業日に入る。その者以外の三人のうちの一人が日曜日に店に入る。日曜日は大学が休みなので、朝の十時から閉店の午後九時まで十一時間店に入ることになる。

「ほな、俺、明日もバイトやさかい、おっちゃんに自分のこと話してみるわ。多分、おっちゃんも構へん言わはる思うねんけど」

夏生は、「できない」とは思わなかった。不安ではあったが、西山がおっちゃんの動きに合わせて自分自身の動きを作っていることに、何か美しいものを感じていた。そんな動きができるようになりたいとも思った。

土曜日の講義が終わって学生食堂に向かう途中、夏生は日本文学科の掲示板で立ち止まった。いくつかの自主サークル活動への勧誘チラシが画鋲で留められている。その中の前近代文学サークル「夏雲《なつぐも》」に視線が行った。夏生は江戸時代の文学について勉強してみたいと思っている。サークルの名前に夏生の夏が使われていることにも気持ちを引かれた。サークルは毎週水曜日の午後四時半から学生が自由に使用できる文学共同研究室で行われることが記されていた。直近の活動は来週の水曜日で、新入生を歓迎する会となっている。活動後には河原町四条に繰り出して歓迎コンパが行われることも書いてあった。生協で買った小型の手帳を取り出して予定を確かめてみる。西山が昨夜知らせてくれた来週のアルバイト日は、月曜日と金曜日だ。夏生はサークル「夏雲」に入ってみようと思った。どんな先輩や仲間がいるのか全く分からないが、一人ぼっちで作品を読み進めるよりも何か明るいものを予感した。

掲示板の前の廊下は講義室から出てきた学生たちで混雑し始めている。話し声や足音が入り混じり騒がしさが増す中で、夏生は、よしっと手帳に夏雲、十六時半、共研と書き込んだ。手帳を頭陀袋に入れて横を見ると、女子学生が一人で掲示物に見入っている。薄い水色のブラウスに白いカーディガンを羽織った色白の女子学生は『徒然草』を抱えていた。銀縁の丸眼鏡。前髪を眉毛の上で一直線に切り揃えたボブヘア。この美人も、自分と同じ日本文学科の学生だなと夏生は思う。

「コンパかぁ。行けるかなぁ」

女子学生はため息交じりに呟くと、ショルダーバッグのストラップをヒョイと肩にかけ直して行ってしまった。

あの美人の徒然草は同じ学科の学生に違いない。コンパに行けるかどうかの呟きは、彼女も「夏雲」のメンバーなのだ。夏生は騒めく学生たちをすり抜けて遠ざかっていく白いカーディガンを見ながら、そう確信したくなった。

名前は何というのだろう。彼女が呟いた一言には関西訛りを感じなかった。親元を離れて下宿生活をしながら大学に通っているに違いない。並べば自分の肩より少し高いくらいの身長の美人のことを思いながら夏生は歩き出した。目の前は校舎から出ていこうとする学生たちで塞がれている。関西弁に交じって聞き慣れないイントネーションの言葉が渦巻いていて、思うように前に進めないことに夏生は小さく苛立った。人いきれの中をやっとの思いで抜け出して外に出たが、美人の徒然草はどこにもいなかった。

夏生は食堂には向かわず、生協の書籍売り場へ行った。

「つれづれなるままに、ひぐらし、すずりにむかいて、こころにうつりゆくよしなしごとを……」

『徒然草』の序段をもごもごと声に出してみた。

書籍売り場の書棚には日本古典文学大系などの専門的なものも並んでいたが、夏生は高価なものを避け文庫版を引き抜いた。余りある時間を使って飽きるくらい本を読みたい。天国飯店のアルバイト代を本代に費やす。その一冊目が『徒然草』になった。『徒然草』は既に全段を読んではいたが、何度も味わいたいと思えるお気に入りの書だった。しかし、兼好法師を覗いてみることで、美人の徒然草に少しだが近付ける期待を抱いていることも夏生は自分自身に隠さなかった。

大将軍の下宿には学生が誰もいなかった。階下の駐車場に原付や自転車が一台もない。土曜日の午後を一人下宿の中で過ごすのも、まあいいじゃないか。夏生は生温かい部屋に入ると座机に向かって『徒然草』を開いた。机の上には昨夜買った一リットル瓶のコーラ。まだ半分近く黒い液体が残っている。スクリューキャップを回すと、プシュッと炭酸が抜ける音がする。ラッパ飲みで一口含むと、コーラが口の中で膨張した。夏生の部屋には冷蔵庫がまだない。

文庫版の『徒然草』は、全二四三段の三分の一ほどが収められていた。原文を読み、口語訳を読み、語彙の注釈を読む。収められた最後の段を読み終えた時は、すっかり夕方になっていた。彼女が気に入っているのはどの段だろう。楽し気に話し合う二人を思い浮かべてみた。チャンスは来るさ。徒然草の話をしたいのか、美人の徒然草と話したいのか。本心はどっちだ。夏生は本を閉じ、夕飯を食べに出かけることにした。そういえば、今日は『徒然草』以外何も体の中に入れていないことに気付いた。天国飯店へ行こう。明後日の月曜日からは、一人でアルバイトに入ることになっている。

月曜日。午後四時半に店に駆け込んだ時、客は誰もいなかった。独り立ち一日目から

一

遅刻してはならぬと下宿から走ってきた。五分間は走っただろう。額にはうっすらと汗が浮かび、息が荒くなっている。

「走ってきたんかいな。何も慌てんでもええがな」

おっちゃんは笑いながら夏生を迎えた。アルバイト開始は午後五時。それまでの時間で夕飯をとる。賄いの夕飯はアルバイト生が自分で作ることになっていた。よれよれになったジーパンに白いＴシャツの夏生は店のゴム長を履き、持参した長めのタオルで髪を覆った。夕飯を何にするかは店に向かう道中、走りながら決めていた。これまでのアルバイトでおっちゃんが調理する姿をじっと見つめて三、四種の料理の手順を頭に叩き込んでいる。今日はその中の一つ、炒飯を作る。頭の中で炒飯を作るおっちゃんを映画のように想い描くことはできるが、実際に鍋を振って食べ物を作ることは全く別の作業だとは分かっていた。炒飯はよく出る。バイトさんも簡単な料理は作れるようにしてやとおっちゃんから言われている。まずは炒飯だ。夏生は炒飯を作れるようになることで、自分が店の一部分になっていくことを求めた。それは、一人で店に入ることへの不安を小さくしていくことにつながっていた。ところで天国飯店では炒飯をチャーハンと呼ばない。客が見るメニューには炒飯（チャーハン）と書かれているが、店の者同士では

「焼き飯」と呼んでいた。

「何作るんや」

「焼き飯を」

「自分が来る前に、ちょうど卵飯《たまごめし》を作っておいたとこや」

卵飯とは、炒飯の下ごしらえとして溶き卵と白米を炒めた飯である。おっちゃんが厨房左側のコンロ前に立つと、おっちゃんのちょうど左側に具材置き場がある。卵飯はその一番手前に、四角いビニル製の深ザルに入って置かれている。夏生は、ガス栓を全開にしてコンロを強火にした。中華鍋から熱気が伝わって来たところで、鍋の肌を一周するように玉杓子を動かして液化したラードを鍋に這わせる。夕飯に炒飯を選んだ理由はもう一つあった。炒飯を調理する時の鍋振りに一目で憧れたことだ。まず、あのリズミカルで豪快な鍋振りをできるようになりたい。夏生は炒飯の注文が入ると、おっちゃんの鍋振りに見入った。無骨なガス台と中華鍋がゴルゴルと擦れ、チャチャ、チャチャチャと熱い音を立てながら鍋の肌を滑る飯が空中に舞い上がり、また鍋の中に落下する。この動作を十回もすれば炒飯が出来上がる。夏生は中華鍋の中央に集まったラードにぷつぷつと気泡が現れるのを見てから、賽《さい》の目切りの焼豚を一つまみ投入し適当に動かした。

一

そこに玉杓子半分ほどの溶き卵に細切りの人参と干からびた輪切りの青ネギを一つまみ入れて焼豚の上に垂らした。ジャワーッと音を立てて、溶き卵に半球上の気泡が次々と現れる。ここに玉杓子一杯分ほどの卵飯を叩き入れ、いよいよ鍋振りが始まる。おっちゃんのように前後に何回も連続して鍋を振ることはできない。夏生は鍋を手前から奥の方に押し上げるように動かして、鍋の中の卵飯が空中でひっくり返える動きを繰り返した。調味料を入れ、醤油を鍋の肌に垂らしてもう数回鍋を動かすと、卵飯は炒飯になった。ガスを止め、八角の中華皿に移そうとした時、おっちゃんが夏生の炒飯を一つまみ口に入れた。

「ちょっと塩が多いな。過ぎたるは及ばざるが如しや」

おっちゃんは一言言うと微笑んだ。

夕飯が終わるといよいよ仕事が始まる。

午後五時を回ると、学生や仕事を終えた肉体労働者たちがやって来る。夕飯だからかジンギスカン定食と餃子、酢豚と餃子、八宝ラーメンと餃子などと餃子をセットで頼む客が多い。夏生は注文を受ける度に「ジンギスカン、餃子」などと注文内容を叫ぶ。おっちゃんは「ジンギスカン」と自分が調理する物を低い声で復唱する。夏生は、ジンギスカン用のプラスチック皿をまな板に置くと跳ぶように身を翻して、厨房右端の餃子焼器へ向かう。複数の客が、間を置かずに餃子を注文してくれれば、左右二つ並んだ餃子鍋の片方にまとめて餃子を並べることができる。しかし、間隔が少し延びると左右両方の鍋を使わねばならない。鍋の蓋が一枚しかないことが理由だが、両方の鍋に入れた餃子を両方とも焦がさずに美味そうに焼き上げることは、はっきり言ってとても難しかった。

餃子を焼くことには神経を使ったが、十二、三人も入ればいっぱいになる店だから誰が何を注文したかを間違えることはなかった。客から代金をもらって「おおきに、どうも」と客に視線を向けて釣銭を渡す。すぐ、食器を下げる。食べ残しがあれば客が使った割り箸で残りものをポリバケツに落とす。食器はまず、ぬるま湯を張ったシンクに浸けて、薄い洗剤を染ませたスポンジで汚れを落とす。皿の表面を時計回りに一回撫でるようにスポンジを動かす。そしてさらに中央部分をサッと一回こする。ぬるま湯の中で皿をひっくり返し、裏も表と同様にスポンジを動かす。おっちゃんは「中華は速さが勝負なんやでぇ」とよく言った。そして、皿の裏側など食器の見えないところをよく洗えと繰り返した。

一

「客が皿持った時、油でヌルッときたら、その客、次からもう来えへんようになる」

こんな台詞を吐く時のおっちゃんは、締まっていた。

午後七時を越える頃、客の来店サイクルは頂点を迎える。帰っても帰っても客は来る。アルバイト生は、注文取りと餃子焼きに飯盛り、勘定に洗い物と体が止まらなくなる。時には、ラーメンの麺を茹でる仕事も圧し掛かってくる。シンクには皿や丼が水面を越えた高さで溜まり続ける。破損を避けるため、コップだけは二槽式シンクの左側、すすぎ用の水が張られたシンクに浮かべられている。客の流れが切れない限り洗い物に手を付けることはできない。

夏生の独り立ち初日にもラッシュの嵐はやって来た。料理に使える皿の残りが少なくなってきた。洗い物に移りたいが移れない。餃子は焦がすな。客のコップは空にするな。カウンターに並ぶ男どもの状況を見つめながら、次に何をすればよいか厨房の中を動きながら考え、考えながら動く。食べ終わった客に釣銭を渡し食器を下げる。洗い物に向かえるかと思いきや、新しい客が入って来る。もう、どうにでもなれ。でも、おっちゃんは違っていた。

「いらっしゃあい。いらっしゃあい、どうぞぅ」

普段は低い声で「いらっしゃい」一回きりだが、「いらっしゃあい」を繰り返す。しかも「どうぞぅ」が付く。客の回転が上がるとおっちゃんのギヤもハイに向かってシフトしていくのだ。

「何しましょ」と水の入ったコップをおいて注文をとる。「ジンギスカン定食」とお客。餃子の注文がない。ラッキーだと思った。夏生は注文を通すと、憑かれたようにコップを洗った。

「兄ちゃん、勘定や」

目の前の客が千円札をカウンターに放った時、電話が鳴った。タイミング考えて架けろやと悪態をつきながら、おっちゃんを見る。駄目だ。鍋振りの最中だ。夏生は千円札を受け取り、受話器を耳と肩に挟んで応対する。

「はい。天国です」

レジスターのドロワーから釣銭を掻きだしながら、神経を受話器に集中させる。

「おおっ、天満やけどな、焼き飯とな、餃子一人前や。んでな、餃子のタレ、忘れんなや」

夏生が「おおきにどうも」と電話の相手に言うが早いか、電話は切れた。

一

「焼き飯、餃子。天満、出前」

「焼き飯」

おっちゃんの復唱を耳にしながら、さっきの客に釣銭を渡した。

天満とは、天国飯店界隈一帯を仕切っているヤクザの組である。組員が直接、店にやって来ることもあると聞いたが、これまでの夏生の出番にはそれはなかった。大抵、飯時の最中に出前をよこせと電話が入ってくる。夏生は、見習い中に西山に付いて天満組事務所まで行ったことはあるが、出前を届けるために事務所に行くのは、今夜が初めてだった。

おっちゃんは餃子を焼き始める夏生を横目に見てからガスを全開にした。餃子鍋に水を入れる時には出前の炒飯は出来上がり、おっちゃんはラップをかけている。おっちゃんはそのままコップを洗ったり、客の勘定に応じていた。

餃子ができた。餃子が並んだ皿にラップをかける。「餃子のタレ忘れてたまるか」と、ビニル袋入りの酢醤油をペタッとラップの上に叩き付けた。出前に出る時は料理と一緒に釣銭を忘れてはならない。天満組の注文は炒飯と餃子で三百四十円である。夏生は六百六十円を白衣のポケットに入れて店を出た。四月下旬に入った夜は、半袖の白衣だけでも十分に暖かだった。天満組事務所は店の前の街道を南に五十メートルほど下ったところにある。十分に暗くなった道の左側には呑み屋が三、四軒並んでいる。反対側の並びには呑み屋はなく、半二階の木造家屋が建っていた。そのうちの何軒かの玄関前には南天の鉢植えが置いてあった。

天満組事務所に着いた。天満組とペンキで書かれた半間のガラス製開き戸を手前に引くと、事務所の中が見える。事務所と言っても事務机などなく、応接用ソファやテレビがあるだけだ。

「毎度、天国飯店です」

夏生の声に返答はない。夏生は、語気を強めてもう一度呼びかけた。

「待っとれや」

事務所の奥から男の声がした。よかった。もし留守だったらどうしたらよいか。少し安心したら、事務所奥の壁に神棚が見えた。そして、横の壁には名札のようなものが上下に三列、四角い板に並んでいる。一番上の列の右端には、若頭とか相談役という文字が見える。最下段の名札には赤い文字が並んでいた。横一列で二十枚ほどの名札が並んでいるから、天満組は六十人くらいの構成員がいるのだなと夏生は思った。そして自分が立っている玄関口の壁には葉書のようなものがびっしりと貼られている。どれもよく似た体裁で、破門状の三文字から文面が始まっていた。ヤクザ映画などで見聞きしたことが現実にあるのだなと、夏生は興味をそそられた。

「おい、なんぼや」

太い眉のギョロ目が奥の部屋からやって来た。「三百四十円です」と上がり框から一番近いテーブルに料理を置いた。「何や、えらいやっすいな」と言いながらギョロ目は一万円札をテーブルに放った。千円札じゃなかった。万札なら電話でそう言えやとカチンときたが、夏生は苛つきを噛み殺して

「すんません。釣銭取ってきます」

と男に微笑んだ。

「ほうか。ほんなら、いっしょに水持ってこいや」

夏生は作り笑いだけを男に向け、事務所から店に走った。「普通」とか「常識」とかは通用しないのか。事務所に水くらいあるだろうに。夏生は店に着くと無言でレジスターのドロワーから千円札九枚を数え出し、白衣のポケットにねじ込んだ。そしてコップに冷水を満たすと瞬時考え、コップをお盆にのせて再び店を出た。

二

サークル夏雲の新入生歓迎コンパの会場は、木屋町通りにある「柳町」だった。夏生は大将軍バス停で河原町四条行きを待っていた。京都の市バスは目的地が同じでも経路が系統によって違っていて、何番のバスに乗れば最速で目的地に着けるか、夏生はまだ知らなかった。とりあえず今日のところは待っていて最初に来たバスに乗ろうと決めていた。

バスがやって来た。その狭い額にある方向幕は河原町四条と行き先を表示している。その横には２０３と番号がある。数分しか待たずに乗車できたことや、車中が空いていて座席を得られたことに幸先の良さを感じる。シートに腰を下ろすと、均一運賃の百十円を財布の中に確かめた。信号を二つ三つ越すと西ノ京円町の交差点を通過する。車窓から牛丼のチェーン店が見えた。その牛丼屋の名前はテレビで知ってはいたが、夏生の故郷には展開されていなかった。一度食べに行ってみよう。牛丼屋が視界から消えると、今はサークルの新入生歓迎コンパに向かっているのだと気持ちを戻す。すると今日初めて出たサークル夏雲のことが頭に浮かんだ。

二

出席者は七名。そのうち三名が日本文学専攻の一回生で、夏生以外の二人は女子学生だった。サークル長は今出川という四回生だ。今出川は、毎年のように「今出川さんの家は今出川通りにあるのですか」と新入生から真面目に質問されていた。しかし「ぼくは、大阪の高槻から通てんねん」とにっこり笑って答えるものだから、誰もが今出川に安心と親しみを感じており、大学最後の年はサークル長に祭り上げられてしまっていた。

「今日は初日やさかい、自己紹介と雑談にしまひょ。まず、ぼくは今出川雄一といいます。日本文学専攻の四回生。単位はあと卒論だけやねんけど、今昔物語に見る京都について掘り下げてみようと去年からもがいてます。ああ、あと、ぼくがサークル長やさかい、何かあったら相談してもうてよろしいで。はい、次の人」

この人は足の裏が地面から五センチほど浮いているのではないかという印象を夏生は持った。今出川の次は、三回生が二人、夏生を含めた三人の一回生が自己紹介した。最後は、夏生の対面に座っていた美人の徒然草だった。サークルが始まってから彼女はまだ一声も放っていない。夏生が知っているのは先週の「コンパかぁ。行けるかなぁ」だけだ。夏生は伏し目がちに彼女の第一声を待った。

「みなさん、こんちは。私、二回生のサオリです。苗字は教えません。趣味は麻雀。打ちたい人がいたら私が雀荘に連れてってあげます。好きな役は混一色《ほんいつ》、ってもやらない人には分かんないよね。私の他に二回生が四人いるけど、みんな出てきたり休んだり。私は病気で寝ている日以外はサークルに出ます。去年も皆勤でした。ね、今出川さん」

サオリは甲高い声で弾けるように自己紹介した。今出川は最後の一言をふわりと受け取ると、「一回生のみんなは、どんな作品が好きなん」と超ありきたりの質問を放った。

夏生以外の二人は源氏物語や土佐日記が好きと、しゃあしゃあと話す。夏生は、昨年の半農半読生活でそれらのほとんどを読んではいたが、好きかと聞かれると何とも言えなかった。

「なんや、今年の新入女子部員は頼もしいなあ。で、ええと、男性の君、ええと、無藤夏生君、君は何がええの」

今出川は自己紹介の時に座席図に名前を書き込んでいて、それを見ながら夏生を指名した。少し間をおいて答えた。

「まだよく分かりませんけど、ぼくは、徒然草が好きです」

言いながらサオリを見た。丸眼鏡をかけたサオリは白い歯を見せた。

河原町四条到着を告げるバスのアナウンスに動かされるように夏生は停車ボタンを押

した。停留所に横付けになったバスを降り、今出川がサークル員に配った簡単な地図を見る。「柳町」は河原町通りの東、木屋町通りにある。河原町四条の交差点から河原町通りを少し上がり、東に向かう真橋通りを進む。高瀬川に架かった橋を渡ると木屋町通りだ。「水曜日やから夕方でもそんなに混んでへんと思うんや」と今出川が地図を渡してくれた時に言ったとおり、道行く人は疎らだった。高瀬川に沿って植えられた街路樹の緑を見ながら、北に向かってしばらく歩くと今出川の地図のとおり「柳町」はあった。

入り口の店員に夏雲のコンパに来たことを伝えると、店員は二階の奥が会場だと教えてくれた。カウンターに沿って突き当りまで行くと左手に階段があった。上り口で靴を脱ぎ、ギシッ、ギシッと鳴る階段を上り切ると、細い廊下の奥に暖簾がかかった部屋が見えた。萌葱色の暖簾は白抜きの草書体で「舟」と染め抜かれていた。舟に続く廊下はよく磨かれ艶々と漆の光沢を保っている。暖簾をくぐる。

「おお、よう来たね。道、迷わへんかった」

今出川の柔らかい声に夏生は少しホッとした。一次会は新入生から会費を取らないということだ。夏生は「ありがとうございます」と、微笑む今出川に一言告げて中に入った。

中はサークル員たちでいっぱいだ。夏生は部屋の中に満ち溢れている仲間のおしゃべりに一瞬たじろいだが、「さあ、入りや。始めるで」の今出川の声に背中を押されて、畳の間へ進んだ。

「あらぁ、夏生さぁん、やっと来たねぇ」

夏生を迎え入れたのは、サオリの甲高い声だった。サオリは両腕で自分の左横の席を「ここ、ここ」と言わんばかりに指し示している。その席は会場の末席で、サオリの右隣には初めて見る男子学生が座っていた。「サオリも会場入りが遅かったのか、端っこの席が好きなのか」と夏生は思いサオリの左横に腰を下ろした。コンパには十三人のサークル員全員が参加していた。午後のサークルで見知った者は点々と席を取り、隣の者たちと親し気に話している。

今出川が副長の堀川を乾杯の音頭取りに指名した。サオリは間髪入れず「あの二人、できてるんだからね」と夏生に囁いた。堀川はサオリより短めのボブヘアで、タータンチェックのワンピースを着ていた。「では、みなさん、用意はよろしいぃ。未成年のお方と飲めないお方は、お茶でもコーラでもよろしいのよ」堀川が声をかけると、夏生の前にビール瓶の先っちょが現れた。

「ほれ、一回生、コップ出せ」

「鉄ちゃん、一回生呼ばわりは失礼よ。この人は夏生さん。無藤夏生さんっていうのよ」

鉄ちゃんと呼ばれた男子学生は
「すまん、すまん。夏生君、一杯飲めや」

とサオリの前に体を乗り出して夏生にビールを勧めた。夏生は両手でコップを持って、鉄ちゃんのビールを受けようと上体をサオリの方へ少し倒す。でも、サオリが微塵も動かなかったので、夏生の右ひじがサオリの胸を触った。あっと思ったが、注がれ始めたビールを受けるためにコップを動かせない。右ひじが熱くなった。

会場には畳大の座机が三脚縦長に並べられ、奥の席には今出川と堀川が、あとの十一人は、五人と六人が向かい合うように座机を挟んで座っている。座机の上には油びかりのする黒いすき焼き鍋が四台、鍋の横の大皿には赤い牛肉を始め、すき焼きの具材が山盛られていた。露地栽培の白菜は秋から冬が旬だが、大皿に盛られた白菜の淡い黄緑は春を感じさせた。

サオリは目の前の鍋に点火して「私が作ってあげるからね」と対面の女子学生に微笑んだ。

鍋を囲む三、四人が話題を共有するようになり、会場には再び喧騒が訪れた。その喧騒の中にぐつぐつとすき焼きが煮え立つ音と甘い割り下の香りが混じり始めると、話し声は次第に低くなっていく。

「下宿生の人は、腹いっぱい肉を食べることって、滅多にあらへんと思うてすき焼きにしました。まあ、すき焼きはぼくの好物でもあるんやけど。ひゃっ、ひゃっ、ひゃっ」

サークルの穏やかな新スタートに、今出川は嬉しそうだった。今出川の隣に座ったタータンチェックの堀川は、今出川のコップが空にならないよう、せっせとビールを注いでいた。今出川はすっかり紅潮していた。

サオリは鍋から牛肉を摘まみ上げると「はいっ」と鉄ちゃんの取り皿に入れてやる。鉄ちゃんは「おう」と一声発し、溶き卵をまぶしてズバッと肉を吸い込んだ。サオリは対面の女子学生の取り皿にも肉を入れてやった。そして、鍋の中の肉を少し動かしてから、一片の牛肉を摘まみ上げる。まだ口の中に肉が入っている鉄ちゃんが「おお、でけえなあ」ともごもご言う中、サオリはその肉を夏生の取り皿の中に沈めた。

「ど、どうも」

「今宵は新入生歓迎なんだから、ガンガン食べていいのよ。鉄ちゃんの分まで食べていいのよ。ふふふっ」

「そりゃないでしょ。俺は、毎日五百円で生きてるんだから」

対面の女子学生が、一日五百円でどうやって食べているのかと鉄ちゃんと話し始めると、サオリは夏生のコップにビールを注いでやった。

「サオリさんも食べてくださいよ」

「優しいんだね。でも、私ね、今出川さんには悪いけど、すき焼きってあんまり好きじゃないんだなあ。今日は割り下の煮込みベジタリアンってとこね」

サオリは、白菜や春菊、ネギをたっぷり取ると、その勢いでもう一枚の肉を夏生の取り皿に入れてやった。隣から女子学生と鉄ちゃんの会話が聞こえてくる。鉄ちゃんは、自炊に努め外食はまずしないとシイタケを頬張りながら話している。朝は故郷から送ってくる米と味噌汁で食事を済ませ、昼は三百円までの食事を学生食堂でとる。夜は、出来合いの総菜をスーパーで買ってきて、朝炊いた米飯と味噌汁で三食を終了するという。

「先輩、まめですね。でも、飽きません？」

と女子学生。そうだ、そうだと夏生も肉を噛みながら思った。

「そりゃあ、三百六十五日こんな生活を続けられれば、俺は聖人やな。本当のところ、夜の自炊は週に三日ほどやな。あとは店で食べさせてもらっている」

と、鉄ちゃん。鉄ちゃんは下宿の近くの串カツ屋でアルバイトしているとのことだった。

「まあ、串カツ屋っても、バイトだから酒は飲めないけどな。その店がいいのは、バイトが始まる前とバイトが終わってからの二回、飯が当たるということなんや。夕方の五時半頃から始まって終わるのは日付が変わった午前二時。仕事帰りの人や学生やらたくさん客が来る。俺は、焼き物、ほれ、ピーマンの肉詰めとかエノキのベーコン巻とかを担当してるんやけど、客が途切れないうちは、ひたすらピーマンやエノキとの格闘が続くってことだな」

鉄ちゃんはビールが回ってきているようで、女子学生が口を挟めないくらい捲し立てていた。

「夏生さんもアルバイトするの？」

ビールを飲んでフーッと一息つくと、サオリが気怠そうに体を夏生の方に向けてきた。

「ええ、もうしてます。こっちに来てすぐ」

「へえ、よく見つけたね」

「同じ下宿の先輩、哲学科の学生ですけど、こっちに引っ越してきたその日に誘われました」

夏生は天国飯店のことを少し話したが、サオリはさして関心を示さなかった。ただ、アルバイト開始前に食事できることが楽しみだという点については「ふうん。鉄ちゃんと同じこと言うのね。私は、ほとんど外食はしないよ」と反応したのだった。

「私もバイトしてんだけどさ……」

とサオリが振ったところに「夏生君、飲んでまっか。食うてまっか」とビール瓶とコップを持った今出川が割り込んできた。今出川は、三人の新入部員一人一人にビールやお茶を注いで声をかけていた。話し相手を取られた格好のサオリは、女子学生の手を握りそうになっている鉄ちゃんと今出川に引っ張られている夏生の間で、枝豆をコリコリ噛みながらコップのビールを嘗めていた。サオリの耳には鉄ちゃんの大声と今出川の声がクロスして入ってくるが、時々聞こえる夏生の声だけは、他の二人と周波数が違うかのように鮮明に聞こえていた。

「ぼくは高槻から通てんねんけど、夏生君は下宿やろぉ。自分の下宿はどこにあんのん」

「大将軍ですけど」

枝豆のさやを唇に当てながら「私と一緒じゃん。近所かな」とサオリは声には出さず夏生の方を向いた。しかし、酔った今出川の引力は強く、夏生を離さない。話は下宿から今昔物語にシフトしていた。

「大将軍まで、今夜どうやって帰るん？　平安時代の京やったら牛車やねんけど、ああ、夏生君、頼光の郎等《ろうどう》たちが紫野《むらさきの》に牛車で物見に行った時の話、知ってるか」

サオリはこの話をサークルのコンパの度に今出川から聞かされていた。京の路は牛車がかなり揺れたそうだ。初めて牛車に乗った郎等たちは、揺れる牛車の中で頭を打ったり仰向けに倒れたりして、みんな牛車酔いの苦痛を味わうという。そして、サオリは牛車の話をする時今出川はそろそろ帰りたくなっていることも知っていた。

牛車の話が終わると、案の定、今出川は一次会終了の声を上げた。二次会以降はそれぞれでというのが夏雲のコンパの不文律らしい。サークル員たちはさっさと腰を上げて次の店に向かう者、電車の駅に急ぐ者、満腹の腹を天井に向けている者、様々だった。夏生は、今出川から「今夜どうやって帰るのだ」と聞かれたが、答えを用意していなかった。午後九時を回った今では市バスはあるのか、もしタクシーに乗ると料金はいくらかかるのか、何も分からない。河原町四条と大将軍とでは、京の碁盤の目でみれば南東の隅から北西の隅までの対角の関係に位置している。もし歩くなら二時間、いや三時間はかかるか。どうやって帰るにしても牛車はない。会場を出るサークル員たちの声は次第に消え、座机の上にはビールが残ったコップや、枝豆のさやが山盛りになった取り皿や、ビール瓶などが疲れていた。

バスがなかったら歩いてみようと気持ちが落ち着いた時、サオリに誘われた。

「ねぇ、一緒に帰ろうか」

「ええっ？」

「一緒に帰ろ。私の下宿も大将軍よ」

丸眼鏡のサオリは目を細めてそう言うと、すっくと立ち上がった。


サオリの提案は徒歩だった。彼女はこれまでにも何度か歩いて帰ったことがあるという。二人で木屋町通りに出ると初夏を思わせる夜風が頬に心地よかった。高瀬川沿いに植えられた柳の木も長い枝葉を風に任せている。二人は河原町通りを丸太町通りまで歩くことにした。御池通りを渡る頃には次第に擦れ違う人も少なくなっていた。

「夏生さんは将来のこと考えてる？」

「何にも。まあ、何とかなるくらいにしか思ってないなあ。今はたくさん本を読みたいなって気持ちだけだな」

少し酔いが回った夏生はぼやけた頭で返答した。

「私はね、教師になりたいの」

「ふううん」

「でね、コンパの時、アルバイトの話を始めようと思ったんだけど、今出川さんにあなたを取られちゃったってわけ」

サオリは、昨年の夏から家庭教師のアルバイトをしているという。生協のアルバイト斡旋所に寄った時、今は卒業した四回生から家庭教師を引き継がないかと誘われて始めたとサオリは言った。教える相手は小学三年生の女の子で、特殊学級に籍を置いているという。

「初めはね、三年生だけど九九はおろか足し算もあやしいって聞いて一瞬立ち止まっちゃったの。教科書とか使って勉強できるのかなとか、私の話を分かってくれるのかなって、すごく不安だった」

サオリの話に夏生は七、八年前の秋を思い出した。酔いが引いていく。

二

夏生が通った小学校には「みずいろ」学級とネーミングされた特殊学級があった。残暑が残る九月の午後、六年担任の青木先生がクラスのみんなに向けて話す。

「あと三週間で運動会です。六年のみんなにとっては小学校最後の運動会だね。ところで、運動会について『みずいろ』学級の先生からお話がありました。『みずいろ』の子たちは、みんなと一緒に勉強したり、行事に参加したりってことは滅多になかったのだけど、今年の運動会では『みずいろ』の子たちもそれぞれ、自分と同じ学年の子たちと一緒に競技や演技に参加することになりました」

青木先生の笑顔を避けるように「ええっ」「どうしてなの」と呟きが漏れる。「みずいろ」の子たちは自分たちよりすごく遅れた子たちだ。六年生なのに低学年の子たちが分かることも分からない。呟きの主たちはそんな蔑んだ思いを抱いて「みずいろ」の子たちと一緒に活動することを受け入れたくないとあらぬ方向に視線を向けている。その呟きの主の中には夏生の仲間もいた。顔をしかめて机に突っ伏す仲間を見て夏生は頭の後ろがジクジクと疼く。疼く脳裏には思い出したくない情景が蘇っていた。

休み時間に体育館で遊んでいると「みずいろ」の子どもたちが担任の先生と鉄棒の練習にやって来た。二、三人の子に女の先生が一人。その女の先生が子どもたちの腰や尻を横から抱えて逆上がりの補助をしている。その子らは誰も逆上がりができなくて、鉄棒にぶら下がっているだけで精いっぱいだった。女の先生が「よいしょ」とか「それっ」とか声をかけてタイミングをとっても、その子たちはドタッ、ドタッと床に足を投げ出してしまう。その光景を見ながら遊び仲間が言った。

「もう、あの鉄棒に触らんでおこうや。あいつらの掴んだところ、気持ち悪い」

他の仲間たちも口元をゆがめて頷き、同調した。

夏生は瞬時に思った。

それは、違うだろう。

それは、何か違うだろ。

何がどう違うのか、その時言葉にはならなかったが、唾を吐きたくなる嫌悪を感じた。その嫌悪感が今また蘇ったのだった。

青木先生が続ける。

「みんなは『みずいろ』の子たちとほとんど関わりを持ったことがないと思います。だから、あの子たちがどんな子なのか分からない。でも、『みずいろ』の子たちの活動を見たり、彼らのことを人から聞いたりして、あの子たちは自分たちとは遅れている、一年生の子たちが分かることも分からない、そう思っている人もこのクラスにいるかもしれないですね」

青木先生は唾を飲み込んで、こちらに目を向けているクラスの子たちを見た。

「人の成長ってどうなんだろうね。何かが分かるとか、できるようになるって。その時が決まっているのだろうかね。このクラスは全員プールの縦をクロールで泳ぎ切ることができる。でも、川上さんのように一年生の時から泳げた子もいれば、松田君のように六年生なって泳げるようになった子もいる」

青木先生は「すまん」という表情を松田君に向けた。それでも松田君は嬉しそうに坊主頭をゴシゴシと掻いて笑った。

「森岡君は百メートルを十四秒台で走れる。でもオリンピックの選手は十秒台で走ることができるんだ。森岡がどんなに頑張っても、今は十秒台で走ることはできんだろうな。でも、これから何年か森岡が努力し続ければ十秒台で走れるようになっているかもしれない」

青木先生は腕組みを解いて教卓に両手をついてから、声を落として続けた。

「『みずいろ』の子たちの中には、六年生だけど足し算や引き算ができない子がいる。

でも、それは今はできないってことなんだ。できるようになるために毎日頑張っている」

夏生の頭に逆上がりの練習をする「みずいろ」の子たちと女の先生が浮かんだ。

「早いうちに分かったりできたりしたらば、それはそれで良いことだ。でも、人ってみんなそれぞれ違うじゃないか。スピードも様々じゃないか。『みずいろ』の子たちは、みんなより分かったりできたりすることは遅いかもしれないけれども、頑張り続けていることはみんなと同じなんだ。……と、俺は思っているよ」

青木先生はそこまで言うとみんなを静かに見回した。

チャイムが鳴った。

ガヤガヤと動き始める教室で、青木先生は子どもたちにぶつかりながら夏生のところにやって来た。

「無藤、君に頼みたいことがある。『みずいろ』に六年生の女の子がいるんだが、その子と一緒に二人三脚を走ってほしい。彼女は右と左がまだ分からないそうだ。君がリードしてあげるように」

青木先生は夏生の肩をポンと叩く。そして小さく頷いて微笑むと、話しかけてきたクラスの子たちと教室を出ていった。

いきなり、どうして俺なんだ。顔を赤らめ声が出ない夏生をクラスのやんちゃどもが冷やかす。

「夏生ぉ、お似合いのカップルだ！」

夏生はカッとなってそのうちの一人の胸ぐらを掴んだ。掴んだ勢いで相手を壁に打ち付ける。相手は夏生を突き飛ばしたが、床から起き上がった夏生は再度突進した。そして夏生が振り回した右足は相手の左脇腹にめり込んだ。やり場のない思いから放った回し蹴りで相手は肋《あばら》を骨折。すぐに病院へ運ばれた。

その夜、父親と相手の家に謝りに行ったが、向こうの親に深々と頭を下げて謝っている父親の姿が伏せた夏生の視界にチッ、チッと入ってきた。そしてその帰り道、父親は一言も話さなかったが夏生と並んで歩いてくれた。夏生も一言も話さなかった。ただ、カッとなってしまった本当の理由を夏生は心の中で打ち消したかった。

「ちょっと、話聞いてんの」

並んで歩いていたサオリが夏生を通せんぼして睨んだ。

「ああ、悪い悪い。ちょっと昔のことを思い出してしまって……」

「昔のことって？」

「うん。後で話す。で、家庭教師の話はどこまでいったっけ」

再び並んで歩き始めたサオリは「数詞って言葉知ってる？」と言った。サオリが教えている女の子は、リンゴが二個あったら「ふたつ」とか「に」とかの数詞で数量を言うことができるという。そして、「に」を「2」と数字で書くこともできるという。一気にサオリは話した。そして、一呼吸置くと、

「今、どうやったらいいか困っているのはね、その子、数字だと大きさが分からなくなるんだよ」

と言った。リンゴが二つのった皿と三つのった皿を見せると、その子は三つのっている方が多いといえる。でも、数字だけ示して「2」と「3」とではどちらが多いのと問うと「2」と言ったり「3」と言ったりするという。数量と数字が結び付いていない。どんなことをすれば結び付くのか、サオリは悩んでいるという。

「ふううん。サオリさんは凄いことをやってるんだね」

夏生は芯からそう思った。でもサオリは、何度やっても数量と数字が正確に結び付かないその女の子が好きだという。正解でも間違っても、「こっち」と言いながら女の子

はいつもニコニコとサオリの顔を正面から見つめてくる。サオリは「必ず何とかなるって、思ってる」と静かに言った。

サオリの話を聞いて、夏生は二百円のパンと三百円のパンの前にじっと立つ女の子を想い浮かべた。彼女はどちらのパンを取るのだろう。サオリの家庭教師は女の子が生活していくことと直結していると、夏生は知らなかった世界を見た気がした。

河原町丸太町の交差点で二人は西に曲がった。しばらく歩けば右手に京都御苑が現れる。時刻は午後十時を回り、辺りの物音は御苑の木々に吸い込まれて二人の足音だけがはっきりと聞こえた。

「さっき言ってた昔のことって何なの？」

「小学校の運動会のこと。先生にいわれて『みずいろ』学級の女の子と二人三脚をしたのさ」

「『みずいろ』学級って？」

「小学生の時はよく分からなかったけど、特殊学級って呼ばれてたクラス。遠足とか運動会とか大きな行事の時にしか一緒に活動しなかったから、どんな子がいるのかは知らなかったね。それに教室も俺たちの教室とはひどく離れたところ、体育館の向こう側にあったんだ」

夏生の脳裏に九月の暑いグラウンドが浮かび上がってきた。

グラウンドを挟んで本部席と向かい合わせに陣取られた応援席からは応援リーダーが赤や黄色の色旗を打ちふるっている。見上げれば真っ青な空。夏生の目の前には青や黄色、赤の鉢巻きを巻いた六年生たちが綺麗な列を作って二人三脚レースのスタートを待っている。

また黙ってしまった夏生にサオリが言う。

「運動会では、『みずいろ』の子と走ったんでしょ」

ハッとして夏生は「うん」と答えた。「続きは?」と丸眼鏡の奥の眼が優しかった。

「その子の白いズックの甲に、大きな赤い丸い布が縫い付けられていたんだ。俺の足と鉢巻きで結わい付けられるその子の右足の甲に」

夏生の脳裏に女の子の白いズックがはっきりと映った。

グラウンドの土は、陽光が跳ね返って眩しかった。

二人三脚レースのスタート地点に二人が立っている。いよいよ自分たちの出番だという時、「みずいろ」の女の先生が夏生の横に立って「夏ちゃん、鉢巻きで結んだ方の足から出してね」と囁いた。「みずいろ」の先生の声に変わってグラウンドに渦巻く声援や応援リーダーが吹く甲高いホイッスルの音に包まれたかと思うと、

「六年二人三脚最後のレースです。会場のみなさん、大きな声援をお願いします」

と放送係のアナウンスが流れた。どうしてだか、心臓が高鳴る。足を結わえてぴったり肩を組んだ「みずいろ」の女の子は地面を見ていた。

パーンと紙雷管《しらいかん》が鳴る。

結んだ足からだ。夏生は左足をグッと浮かび上がらせてスタートしようとした。重い。結ばれた女の子の足は動くことを忘れているかのように重かった。夏生は一度浮かび上がらせた足が前に出なかったために、前のめりに倒れそうになったが、右腕を大きく回して持ちこたえた。思わず声が出た。

「せえぇ、のっ」

今度は結わえられた左足が重くなかった。女の子の右足と一緒に少しだが自分の左足が前に出た。それは走るという動作ではなかった。ゆっくら、ゆっくら左右の足を交互

に前に進めて歩く動作に近かった。

会場からは「がんばれ」だの「負けるな」だの誰に向けているのかが分からない声援が飛び交っているが、夏生にはワーワーと何かが鳴っているようにしか聞こえなかった。少しずつだが二人はフィニッシュに向けて進んでいく。左足を五回ほど出した時、夏生の耳は「あた」「あた」という女の子の声に気付いた。結んだ足を持ち上げる時に、女の子は地面を見ながら「あた」と言う。その「あた」は途切れることなく発せられ、コースの中間辺りを通過する時には右、左、右、左のリズムにのって「あた」ウン、「あた」ウンと二拍子を刻んだ。

そのリズムに乗って前に進む夏生は、「あた」と同時に振り出される二人の足を見てハッとした。

こいつは「あか」と言っている。

「あた」と同時に振り上げられる彼女の右足の赤い丸い布をみて、夏生は今自分たちに起きていることの全てがつながった思いがした。

前を見た。一緒にスタートした他のペアは全てフィニッシュしたようで、誰も走っていない。白いゴールテープも張られていなかった。あと二十メートルほどでフィニッ

二

シュだ。女の子はゴール間近にして限界に近付いたのか「あた」と同時に夏生の方に体重をかけてくるようになっていた。しかし、夏生はその体重を感じながら、ゴールラインを突破しなければと思う。放送係のアナウンサーが何かを叫んでいる。グラウンドに飛び交う歓声はワーワーとしか聞こえない。グラウンドにいる人たちは俺たちだけを見ているのだろう。結んだ足を振り上げる度によろめく俺たちを見ているのだろう。恥ずかしさとそれを打ち消そうとする感情が、矢のように現れては消える。夏生のこめかみに力が入る。

グラウンドいっぱいの歓声の中、ゴールはもう目の前に見えている。もう十メートルもない。いつしか「ああっ」「ああっ」に変わった女の子の声に合わせて夏生は「あか」「あか」と声を被せた。もう少しだ。女の子はもう声を発しない。結んだ足を振り上げる度に女の子のズックに縫い付けられた赤い布が見える。その赤い布に向かって「あか！」「あか！」と夏生は叫んだ。その叫びに女の子の右足が持ち上げられる。

夏生たちのために再び白いゴールテープが張られた。あと数歩でフィニッシュする二人に向けてグラウンドには拍手が起こっている。白いテープに飛び込んだ。夏生は両膝に手をついて背中が上下するように息をした。

「……ちゃん、ゴールできたね。おめでとう。夏ちゃん、一緒に走ってくれてありがとう」

顔を上げると「みずいろ」の女の先生だった。先生の頬には涙の粒があった。

「んでね、俺、そのまま家まで走って帰りたくなったんだけど、足に結んだ鉢巻きの結び目がカチンカチンになっていてね」

ふふっと笑ってサオリは言った。

「私もそのグラウンドにいたかったなあ」

サオリは星の出ていない空を見上げながら、「みずいろ」の女の先生が運動会までにその女の子とどんな練習を重ねてきたのか、赤い布をズック靴に縫い付けることを思い付いたきっかけは何だったのかなどと、心の中から噴き出してくる思いを一気に話した。

そして、

「いろんな子がいるんだよね。いろんな子が。だからいいのかな」

と、サオリは何かに押しつぶされまいという気持ちを込めるように、ゆっくり呟いた。

遠くの方から自動車が行き交う音が聞こえている。烏丸丸太町の交差点の灯りも見えてきた。ふうっと風が吹いて御苑から若葉が香る。

「ねえ、手ぇつなごぅ」

サオリの指が夏生の指を一本一本集めるように動く。夏生の感ずるものは、若葉の香りからサオリの指の冷たさに移った。

「手ぇつなぐのって、安心」

夏生は少し戸惑ったが、サオリのするがままに手を握られ、握り返した。

烏丸通りに出ると御苑の緑が終わり、再び都市の街並みが現れた。烏丸通りから右折してくる自動車のヘッドライトが二人を照らす。眩しさに顔を伏せると、お互いをたがいちがいに挟んでいる夏生の浅黒い指とサオリの白く細い指とがパッと光って見えなくなった。

「あなたって真っ直ぐな人ね。そういう人に私、魅かれるわ」

夏生は「そうでもないさ」と応えようとしたが、かわりにサオリに聞こえないように長い息を吐いた。握ったサオリの指は冷たいのに、夏生は体中がカーッと熱くなった。女性に「魅かれる」と生まれて初めて言われたことが嬉しかった。でもその気持ちをサオリのようにさらりと表せず、形にならない言葉を胸に溜めた。

自分の掌が汗をかいている。夏生は頬を染める思いで指から力を抜いた。

「いいじゃん。このままで」

サオリは指に少し力を入れてきた。

「今日会ったばかりなのに、手をつないでくる女なの。私って」

サオリは、ククククッと笑う。いや、俺は先週から知っているさと夏生は思う。

烏丸通りから千本通りまでの間、サオリは夏生の手を離さなかった。鼻が痒いとつないだままの手を鼻の前に運び、夏生の指で鼻の頭をこすった。時々、手をつないだまま腕を前後に大きく振った。その度に腕の力を抜いて振られるままにしている夏生に体当たりをしたりした。

その道すがらサオリの話は雀荘通いのことに移った。

「私ね、麻雀の残酷なところが好きなの。分かる?」

麻雀の経験がない夏生は首を横に振る。

「当然、トップをとりたいのよ。誰だってラスを引くことは避けたいわ」

サオリは小さな子ども相手に話すように続けた。配牌が少しぐらい悪くても、大きな手になるようにサオリは目の前の手を育てるという。自分が二着目の時、トップと逆転できるように手を育てられた時は祈るような思いで次の牌を自摸《ツモ》る。自分が思った通りに上がれることもあれば、もう少しのところで他家《ターチャ》に上がられてしまうこともある。基本は一人対三人のゲームだから、後者になることの方が確率的には多い。相手の当たり牌を見極めながら、今の自分の進むべき方向を定めて手を育てる。悩んだり、経験で得た知識を活用したりする中で目の前の十三枚の牌たちが綺麗な絵のように並び変わっていくことに、黙っていられない高揚感でいっぱいになる。

「競技プロの人が言ってたわ。四回に一回上がればいいって。そうは分かっていても、もう一息のところで、自分の努力や工夫がパッと消えちゃうって残酷でしょ。でも、その残酷さに捕まっちゃって逃げられないのよね」

サオリは、一度大きな手で上がれるとこの調子でいこうと思うけれど、その調子でいけないゲームが麻雀じゃないかなとも言った。そして、いつ、いい手が入るか分からないからこそ、「来た」と感じたら逃すまいと前に出ると言う。

「だからさっ、夏生さんと手ぇつないでるのよ」

カッと、また体が熱くなって、夏生は「ううん」としか返せなかった。

千本通りに出ると人影は見られない。行き交うタクシーも疎らだ。烏丸通りから千本通りまでの道のりは短く感じられたが、時刻はだいぶ進んでいるようだ。

「ねえ、今何時かしら」

サオリの問いかけに、夏生は腕時計を見ようとつないだ左腕をグッと持ち上げた。手首をクルッと回したところで二人の手が呆気なくほどけた。夏生は腕時計ではなくてサオリを見た。サオリは前を向いたまま、サイドの髪を風に揺らせている。

「安心した？　それとも、理不尽だって思った？」

ふふふと笑いながらサオリは続けた。

「今夜はね、ここまで。でさ、今何時なのよ」

時刻は午後十一時半を回っていた。下宿に着く頃には日付が変わっているだろう。千本通りを上っていき、二人は細い街道で西に入った。

ビルや商店が立ち並ぶ千本通りに交差する街道は、戦後の昭和を思わせる低い家並みが続いている。大通りが都会の貌に変容していっても、大通りに挟まれた空間は何世代も前からの生活から抜け出そうとしない頑固さを感じさせた。四つ辻を二つ超えると街道の両側にはちらりほらりとスナックやバーが現れ、紫やくすんだオレンジ色のライトが看板を照らしていた。このまま進めば、もうじき左手に天国飯店が現れると夏生は気付いた。

「サオリさんはこの道を通ったことがある?」

「さあ、どうだか。あまりこの辺は来ないわね。どうして?」

夏生は次の四つ辻にアルバイト先があることを伝えた。サオリはさして興味を示すことなく、緩めのデニムパンツのポケットに手を突っ込みながら歩いている。街道に入って、サオリから空気を感じなくなっていた。夏生に向けられていた気持ちが薄くなり、替わって膨らみ出した何か違う思いを外に出すまいと口をつぐんでいるように見える。

天国飯店が見えた。四つ辻の角で立ち止まって店を見る。北側と西側の壁にある入口の内側には赤い暖簾が掛けられ、近付くと暗い店の中が見えた。北側の壁面にあるメニューサンプルの展示棚には木製のナイトカバーが掛けられている。今日もアルバイト生の誰かが店を整えたのだろう。アルバイトを始めて一月ほどだが、街灯に照らされて静かに休んでいる店を見ていると、夏生は懐かしさのような、愛おしさのような気持ちを店に感じた。

「ここが、夏生さんがバイトしている店ね。どんな店かと思ったけど、小さくて可愛いね」

夏生は明後日の金曜日が出番になっていることを告げ、下宿に向かって歩き出した。

「私はね、明日がバイト日なの。数の勉強、量と数字の一致の練習よ。明日はサイコロキャラメルを持っていこうと思ってる。一箱にキャラメル二個入りだから五箱もあれば十分ね。あと、双六作って遊ぼうかな」

ポケットに突っ込んでいた手を引き抜いて、腕組みしながらサオリは言った。街道に入ってから、サオリは明日の家庭教師のメニューを考えていたのかと夏生は思った。そして、サオリが小学三年生の女の子に話しかける様子や、一緒にキャラメルを数えるところを想い浮かべてみた。

天神川の橋を渡ったところに、建物に入り組むようにして地蔵堂がある。近くの菓子舗の方からは甘い臭いが漂っていた。地蔵堂に軽く頭を下げてから少し進んで夏生は立ち止まる。

「ここが俺の下宿。この階段を上ると部屋がある」

「なあんだ。私の部屋と目と鼻の先じゃない。私の部屋はこっちよ」

サオリは夏生の手首を掴むと、西大路通りに平行して走る路地に向かって歩き出した。

路地に入ると右手には酒屋が、その酒屋の対面には夏生の下宿がある。サオリは五、六歩夏生を引っ張ると、酒屋の三軒隣に建つ白いアパートを指さした。

「二階に窓が二つ見えるでしょ。その向こう側の窓が私の部屋の窓よ。角っこの部屋だから南側にももう一つ窓があるんだよ」

白いアパートの壁を見ながら、贅沢な部屋だと夏生は思った。ひょっとすると、窓からお互い手を振り合う日が、やって来るかもしれないとも思った。

突っ立ったまま街灯に照らされたサオリの顔は青白い。サオリは、灯りを背にして浅黒く見える夏生の顔に浮かび上がる白い目を見て言った。

「ねぇ、夏生さん。あの『みずいろ』の先生、今も先生続けてらっしゃるのかしら」

「さあ、どうだか。もう十年近く会ってないからね。どうして？」

明日の家庭教師のことを考えていたら、「みずいろ」の女の先生に話を聞いてほしくなったとサオリは言った。どんな子でも、その子に合った方法が見つかれば、できなかったことができるようになり、分からなかったことが分かるようになるはずだ。「みずいろ」の女の子は、「あか」と言いながら赤い印の付いたズックを振り出す練習をしたはずだ。そして、先生たちは彼女にぴったりのパートナーを探したはずだ。だから、彼女はフィニッシュできたのだろう。「あか」でなくて「みぎ」では足がもつれて途中で転んだかもしれない。パートナーが夏生でなければゴールテープまで辿り着けなかったかもしれない。

あの子が二つの数字を見て、どちらが大きいかが分かるようになる練習方法が必ずある。私は諦めない。けれど、この先どうしたらよいかさっぱり分からない。「みずいろ」の先生に助けてほしいって気持ちになったけど、あの子を助けるのは私よね。ううん、助けるなんて偉そうだね。サオリは夏生の胸を見つめながら一気に話すと、ふふふっと笑って顔を上げた。

「来週、夏雲で会いましょう。『徒然草』三十二段をレポートするからね。デートについてよ」

「分かった。ぼくも読んでおきます」

思わずぼくと言った自分に夏生はハッとした。歓迎コンパに行くために、河原町四条行きのバスを待っていた時の自分に一瞬にして引き戻されたような気分だ。「舟」でサオリの横に座ってから下宿の前でサオリと別れるまでの時間は何だったのだろう。夏生は再び酔いが回ってきたように思えた。

「じゃあね、おやすみ」とサオリは踵を返して歩き出し、少し歩いて思い出したように振り返った。

「夏生さん、子どもたちに何かを教える時、一番大切なことって何だと思う？」

サオリのシルエットを見ながら、夏生は口を結んでいるほかなかった。その教える子どもたちはどこにいるのか。学校か、塾か、それとも登校拒否で家にいるのか。夏生が腕組みをしたのを見て、サオリのシルエットは一歩、二歩と後退りした。

「一人残らずってことだと、私は思うよ」

そう言い残すと、サオリのシルエットは手を振ってから白いアパートに向かってまた歩き出した。

三

金曜日、アルバイト独り立ち二日目。

週休二日制を取り入れる企業が少しずつ増えてきているのだが、天国飯店の客には遠い未来の話のようだ。明日の仕事を考えてか、金曜日の夕飯時もいつもと変わらずラッシュがやって来た。午後六時を回ると腹を空かせた肉体労働者や学生たちが立て続けにやって来て、早く注文を取りに来いと険しい表情で夏生を見た。

「俺は餃子二人前とビール。それから天津飯や」

「俺もビールくれ。あと、酢豚定食」

「ジンギスカンと餃子や」

「ラーメンと炒飯、餃子」

「兄ちゃん、鶏唐揚げくれ。あと、酒を冷でくれ」

「回鍋肉と炒飯や」

おっちゃんが間髪を入れず応じる。

「すんまへんなあ。回鍋肉は六月からやりますわ。すんまへんなあ」

「しゃあないなあ。ほな兄ちゃん、ニラ肉炒めと炒飯にするわ」

一気に六人の注文を受ける。

「焼き飯二、天飯、酢豚、ジンギスカン、唐揚げ、ニラ肉」

客の注文を漏らさず言えることが、自分自身でも不思議だった。おっちゃんは低い声で注文を復唱しながらガスを全開にして背筋を伸ばした。夏生はまな板にプラスチック皿を三枚と炒飯用の皿を二枚並べ、唐揚げ用の瀬戸物皿にキャベツの千切りをのせる。身を屈めて冷蔵庫からニラ一束を取り出すと、ペティナイフで五センチメートル長にザクザクと切ってザルに入れる。呼吸をしていないような感覚だ。最後に八角の中華皿に天津飯用の飯を盛って、餃子鍋に跳んだ。餃子鍋のガスを全開にすると同時に左横のガス台も全開にする。そこにはラーメンを茹でるために湯を張った中華鍋が置かれていて湯の沸騰を待つのだ。餃子は四人前だ。油で黒光りしている鉄板に六個一人前の餃子を四セット綺麗に並べる。サラダ油を垂らしたところでカウンターから声がした。

「おい、兄ちゃん、ビールどうなっとんねん」

忘れていた。飲み物は最初に出せと西山に言われたことが頭をよぎる。

「すんまへんなあ。しっかりしてや」

客と自分に順に向けられたおっちゃんの声が聞こえた。

クソッと口の中で毒づいてビールの中瓶を二本、栓を抜いた。男たちの前にビール瓶を置くとマッハで冷水器へ取って返しビール用のコップを掴んで男たちに運ぶ。この時は笑顔だ。

ビールの栓を抜いた時、冷酒の注文も夏生は思い出していた。ビール男たちから二人空けて座っている客に笑顔で尋ねる。

「お酒は、料理と一緒に出しますか?」

「そうしてもらおうか」

おっちゃんは目下、炒飯を終えて天津飯に取り掛かっている。揚げ物用の鍋にビチビチと音を立てている唐揚げたちの色はまだ白く、熱が通るまでしばらくかかりそうだ。夏生は酒の一合瓶を唐揚げ皿の横に並べ、振り返ると湯が沸騰したラーメン用の鍋に麺をほぐして入れた。

天津飯が出来上がった。湯気を上げる透き通った茶色の餡が黄色い円形の卵焼きを覆っている。夏生は甘酸っぱい香りを吸い込みながら、レンゲを添えて客に出した。

背後からはおっちゃんが酢豚を作る音が聞こえる。中華鍋の中では具材が浸る深さのラードが十分に熱くなっている。そこに豚バラ肉の唐揚げが投入され、ビチビチと油地獄の様相を呈したところにピーマン、人参、玉ねぎが加わる。おっちゃんは四回、五回とラードの中の具材を混ぜ合わせて熱を通すと、ラード缶にのせられた油切りに鍋の中の具材を流し入れる。空になった中華鍋は、まだまだ十分熱い。そこに餡になる甘酢が入るとジャワーッと音がして、甘酸っぱい香りが厨房に漂う。おっちゃんは甘酢の底から小さな気泡が現れると同時に、油切りの中の具材をぶち込み軽く混ぜ合わせる。そして、身を屈めると足元の一斗缶にのせられた水溶き片栗粉を玉杓子で適量取って具材に絡めるのだった。

酢豚を客に出す。後ろではおっちゃんがジンギスカンに取り掛かった。夏生は翻って餃子鍋にツーステップすると、四セットそれぞれの焼き具合を確認した。奴らはどれもキツネ色だ。一斗缶の水を柄杓ですくい、餃子鍋に撒く。湯気で目の前が真っ白になるが早いか、鍋に鉄蓋を被せる。これで、餃子の注文が追加されても慌てず対応できる。鉄蓋から手を離して左隣の中華鍋を見る。濃い湯気が上がっている。もう十分にラーメンの麺もゆで上がっている頃だ。夏生はラーメン鉢におっちゃんオリジナルのタレと少々の化学調味料を入れ、そこに左右のガス台の中央に設えられたズンドウから鶏がらスープを柄杓ですくって、鉢に移す。

ここで夏生は少し緊張する。熱湯の中で渦巻いている麺を柄の付いた網ですくい上げるのだ。麺に付いた小麦粉でお湯は薄く濁り、ほんのわずかだがとろみを感じさせる。この中に直径二十センチメートルほどの柄付き網を入れる。網が鍋の縁を沿うように柄を動かしてから鍋の中央で麺をすくい上げる。麺の大部分が網にのるが、のり切らなかった麺が網から垂れ下がる。これを菜箸を使わず、網をクイックイッとスウィングさせて網の中に収め切るのだ。これまで何度か練習したが、網の上の麺は上下に動くだけで、垂れ下がった麺はなかなか網の中に昇ってこなかった。「麺に絡んだお湯を切ることが大切なんや」とおっちゃんに言われていたが、鍋振りに加えてこの麺すくいもきっちりできるようになりたかった。

今回は垂れた麺を菜箸ですくい上げ、菜箸で麺全体を押さえながら網を上下させて湯を切った。そのまま透明の醤油味スープを張った鉢の中に麺を静かに流し入れる。鉢の内側を一周するように描かれた雷文までスープが上昇した。

これでよし。うまく湯が切れている。天国飯店のラーメンは二番目に安いメニューで、炒飯と同じ二百二十円だ。麺の上には茹でたもやしとワカメが少々、薄い叉焼《チャーシュー》が一枚、輪切りのネギたちが少々、そこに胡椒を一振りして客に出す。客は炒飯を半分近く平らげ、レンゲを割り箸に持ち替えて湯気立つラーメンを待っていた。

ジンギスカンが出来上がった。夏生は餃子鍋の方をチラリと見る。いかん。蓋と鍋の隙間から湯気が出ていない。まな板の上にジンギスカンを置いたまま餃子鍋に跳んで蓋をずらした。水分をわずかに残した鉄板はジャリジャリと音を立てている。セーフだ。夏生は目の前の棚に積まれた餃子用のプラスチック皿を取り、餃子返しで二人前一皿、一人前を二皿盛り付けた。餃子を盛った三枚の皿をまな板まで運ぶと、その中の一皿をジンギスカンと一緒に客に出した。

天津飯とラーメンの客にも餃子を出すと、唐揚げが皿に盛られていた。キャベツの千切りにマヨネーズを一巻き落としてから、冷酒の栓を抜く。おっちゃんがこのユニットの最後になるニラ肉炒めをジャーッと皿に盛り付けた。二人の客に料理を出すと、まな板にこぼれた飯粒や千切りキャベツの破片をダスターで拭き取り、次の注文に備える。

ニラ肉炒めの客は炒飯を半分以上平らげていた。炒飯は鍋が汚れないから最初に作るんやとおっちゃんは言う。この鉄則を守ることと、オーダーの順番とでニラ肉炒めの客は注文した二つの料理の間に長めの隙間を持たされることになった。調理人がもう一人いれば隙間は減少するのだが、おっちゃんはそれを口に出さなかった。

午後八時を回ると客足は落ちていく。おっちゃんは、肉や野菜の在庫を確認し明日注文する材料をメモ紙に書き留めていた。洗い物を済ませた夏生は手持ち無沙汰に壁の時計を見ている。八時を過ぎると閉店準備にかかるのだ。カウンターには学生らしい青年が一人、今、ジンギスカン定食を食べ終わった。その青年が勘定を済ませ店から出ていくのと入れ替わりに西山が入ってきた。西山は何か面倒な関わりから逃れてきたように疲れた表情をしている。

「レバー、ですか」

夏生は念のため西山を見る。西山は少し笑って頷いた。

「レバー炒め」

夏生の声におっちゃんが低く「レバー炒め」と復唱し、ザク切りキャベツと薄切り玉ねぎをザルに掴み入れた。ジャワジャワと音を立てラードの中でレバーたちに熱が通っていく。おっちゃんは油を切ったレバーと野菜を再び中華鍋に投入し、コンロの台座に鍋の底をこするようにゴルゴルと動かして具材を混ぜていく。夏生は丼を用意して飯を盛るタイミングを待っていた。いつもなら、そちらから話しかけてくる西山だが、今夜は肘をつき、合わせた両手で額を押さえて黙ったままだ。

おっちゃんが鍋の具材に水溶き片栗粉を混ぜるのを見て、夏生は丼に飯を盛った。心持ち多めに盛った。「はい」と西山に聞こえるように定食を差し出すと、「おお、おおきに」と西山は合わせていた両手をほどいて飯と湯気が立つレバー炒めを受け取った。

「何や、今日はえらく遅いんちゃうか」

鍋を洗い終わったおっちゃんが西山に声をかけた。口いっぱいに頬張った飯とレバー炒めをグッと飲み込んで西山は持った丼をカタンと下ろすと
「おふくろが入院しましてん。学校から帰ったら、部屋に大家からの伝言紙がありましてん。急いで家に電話したんやけど、なかなかつながらなくて、さっきやっとつながりましてん」

「おふくろさん、どないされたんや」

腕組みをしたおっちゃんの声は体温を感じさせた。

西山は丼を持ったまま、まだよく分からないと告げた。そして、とにかくすぐに故郷の三重へ帰らねばならず、いつ京都に戻ってこられるかは分からないと付け足した。

おっちゃんと夏生は西山の食事を邪魔せぬよう店の後片付けに取り掛かったが、しばらく西山抜きでアルバイトのシフトを組み直さなくてはならないと二人は思っていた。

定食を食べ終わった西山は、自分で冷水器まで行って空になったコップに水を注ぐ。腰かけていたカウンタースツールに戻ったところで、おっちゃんも夏生も手を止めて西山を見た。

口を開いたのは西山。

「バイトのことですねんけど、平日の直近は来週の水曜日やねんけど、明後日の日曜日は俺の出番ですねん。明後日までに戻ってこられるかどうか、分かりませんねん」

西山は水を飲み干してコップをカウンターに置くと

「ほんでぇ、無藤、自分代わってくれへんか」

にっこり笑って夏生を見た。シフト変更は予想していたが、自分に振られるとは夏生は思わなかった。しかも日曜日。夏生が代われば、自分にとって初めての日曜出番になる。おっちゃんにシフト変更のことを伝えるために西山が来たことは分かる。そこに、たまたま自分がいたということなのか。夏生は断ろうと思えば断れる誘いだとは思ったが、西山を困らせる理由は何もなかった。

「はあ、明後日は何も予定が入ってないので。いきなりだけど、できるかな」

夏生はおっちゃんを見た。おっちゃんは表情を変えない。アルバイト生が誰かいたらそれでいいと言いたそうな横顔だ。西山はホッとしたように笑った。「十日前から言われていても、二日前に言われても、店に入る時は何も変わらん」そう言いたそうな微笑だった。

四月の最終日曜日、夏生は仕込みから閉店までのフルタイムで店に入ることになった。朝の十時から夜の九時までの十一時間、おっちゃんと二人で仕事をする。夏生はアルバイト開始の十五分前に下宿を出た。十五分あれば歩いてでも十分に間に合う。

店が見えた。数日前の夜にサオリと見た店とは違って、黄色い外壁が引き締まって見える。店がある四つ辻を南に曲がるといきなり朝日に照らされた。目を細め、掌で庇《ひさし》を作って店と南隣の小料理屋との間の通路に向かう。幅一間ほどの通路には、八百屋が配達してきたキャベツや白菜の入った段ボール箱と玉ねぎが入った赤いネット袋が店の壁に沿わせて置いてある。その反対側には小料理屋のビールケースが三箱並べられ空き瓶で埋まっていた。それらの間を通って店の勝手口まで行く。勝手口に向かって右側には餃子の餡に入れる水抜きした白菜やキャベツから更に水分を飛ばすための一槽式脱水機がポツンと立っている。夏生は脱水機を見て「おはよう」とメッセージを送ると勝手口から店に入った。朝だからか、店の二つのダクトが回るゴーンという音がいつもより大きく響いているように感じる。腹に力を入れて一声。

「おはようございます」

夏生の声におっちゃんは壁の時計をチラッと見てから「おはようさん」と夏生に返した。時刻は十時三分前。完璧だ。

日曜日のアルバイト生の仕事は餃子の餡作りから始まる。

おっちゃんが電動フードカッターに白菜やキャベツを押し入れる。ギューンとプロペラ状のカッターが回り、野菜たちが忽ちみじん切りになって受け皿に溢れ出る。おっちゃんは長さ一メートルもあろう麻袋にみじん切りになった野菜を詰め、ぎゅっと握った塩を数回野菜たちの上に振りかけた。夏生が白衣を着け、ゴム長に履き替えた時には水を張る前のシンクの中に麻袋が入れられていて、野菜の塩もみの準備がすっかりと整っていた。夏生はおっちゃんに教わった通り、右腕を麻袋に突っ込み、中の野菜全体に塩が浸み通るように野菜を上に下に掻き混ぜる。浸透圧で水分が抜けていく野菜たちはだんだんと温度と体積を失っていき、麻袋からは淡い黄緑色の野菜液が浸み出ていく。

おっちゃんは夏生の手を止めさせ麻袋の中を確かめた。

「水分がゼロになったら野菜やあらへん。こんな感じやって目と手で覚えてやぁ」

おっちゃんは、歴代のアルバイト生にも同じことを伝えてきたのだろう。初めの大きさの三分の一くらいになった麻袋をシンクから取り上げ、おっちゃんは勝手口の脱水機に袋を入れる。

外壁に設えたコンセントにコードプラグを差し込むと脱水機が蘇った。ゴトン、ゴトン、ゴト、ゴト、ゴト、ゴトトトト、ロロロローと音を立て脱水槽が回転する。脱水機の下の方には申し訳なさそうな短い排水ホースが尻尾のように出ていて、チョロチョロと淡い黄緑色の水が出始めた。

「次は、こっちやで」

おっちゃんに促されて店内に入る。いよいよ餡作りに取り掛かるのだ。

直径が一メートルはあろうポリエチレン製の盥《たらい》に、おっちゃんは機械のように数々の調味料をぶち込んでいく。最後に今朝届けられた豚ひき肉のかたまりをビチャッと盥の中央に落とした。ビニル袋に入った豚ひき肉はドッジボール大だったが、盥に落とされるとゆっくり崩れた。

「よう混ざったら、合図してや」

と一言残して、おっちゃんは次の仕込みに向かっていった。

おろしニンニクがツンと鼻を突く。夏生は艶々と光っている生の豚ひき肉を両手で押しつぶした。おお、冷たい。痺れに似た感覚が指の間から肘に向かって昇ってくる。胡椒や塩が小さな玉にならないように、何度もひき肉を押しつぶして調味料をなじませた。パン屋が生地をこねる様子を想い浮かべながら、押しつぶして盥の底に広がったひき肉を中央に集め、また両手で押しつぶす。盥の中のひき肉は、調味料と混ざって薄いベージュ色のペーストになっていく。おろしニンニクの臭いや最初に感じた肉の冷たさも、だんだんと消えていった。そこにおっちゃんが脱水槽から取り出した麻袋を盥の真上で口を下にして持ち上げた。白と薄い黄緑の水抜き野菜が四角いかたまりになってドサドサと盥の中に落ちていく。

「どこを取っても、おんなじになるようにしっかり混ぜてやぁ」

おっちゃんは一言残してまた仕込みに向かった。

水抜き野菜は温かかった。脱水槽の壁に押し付けられるようにして水を飛ばされた野菜たちは小さなかたまりになっていたが、両手で混ぜるとボロボロと簡単に砕けてひき肉に絡んでいく。さっきまでベージュ色だったかたまりに青みが加わっていき餃子の餡らしく見えてきた。どこを取っても同じにはならないだろうが、盥の底に伸ばされた餡には具材の偏りがなくなったように思える。

「できました」

サクサクと玉ねぎを切っているおっちゃんに声をかけると、冷蔵庫の中のポリエチレン容器に餡を移すよう指示された。盥の底や側面に付いた餡を残さず容器に移す。調理人の掌からでる汗も隠し味になるのだなと夏生は勝手なことを思う。本来なら木製のヘラか何かを使って集めるところだろうが、店にヘラはなかった。素手で調理をすることへの衛生観念は人の歴史の中で大きな変化を経験していないのかもしれない。初めに手を洗うが、次に手を洗うのは調理が終わった後だ。食べ物を提供する店舗の衛生管理は法令で定められているのだろうが、素手で調理する厨房の現実には法令の束縛から離れる時間がある。人に食い物を出して金銭を受け取る行為は、衛生観念以上に災いを寄せ付けない終始一貫した気合が必要だ。綺麗になっていく盥を見ながら夏生は思った。

おっちゃんが夏生に餃子の包み方を教える。

「ゆっくりやっとったら、ゆっくりな味しかせえへん。焼いた餃子が熱いうちに客がチャッチャと食べ終わる餃子を握らなあかん」

全く分からなかった。おっちゃんは、右手で持ったヘラで丼に山盛りにした餡を削り取ると、「これくらいや」と動きを止めて夏生に見せた。そして、左掌にのせた餃子の円い皮になすり付けると、ヘラをクルッと握り直して両手の親指と人差し指、中指を使って皮が半月状になるように餡を包み込んだ。そのまま半月の弧に、左右の指で一つずつ折り目を付けて皮が開かないように蓋をした。できた餃子をバットに並べる。左の上方から置いていくとバットには十五個で一列の餃子が四列並ぶことになる。おっちゃんは餃子を五個包んで並べると、

「慌てんと速うやってやぁ」

とヘラを餡の山に突き刺して再び仕込みに向かった。慌てずに握ろう。けれども、速くは握れない。夏生はおっちゃんの手さばきを想い浮かべながら、皮を取る、ヘラですくう、なすり付ける、折る、折り目を付ける、バットに置く、を繰り返した。繰り返すうちに一つの動作を一回で終えられるように体でリズムを取った。

「飯にするでぇ」

おっちゃんの声で壁の時計を見ると十一時を少し回ったところだった。何分握ったか

定かではないが、一枚目のバットには餃子がちょうど二列並んでいた。

開店前の昼食時間は休憩なのかどうか。もしそうならノーワークノーペイでアルバイト代はもらえない。西山の話には休憩時間はなかった。しかし、どちらにしろ昼食をとらねば体力尽きてダウンすることは目に見えている。

「自分は何食べるんやぁ」

おっちゃんが夏生を見る。おっちゃんは何を食べるのだろうか。自分で作るよりおっちゃんが作ったものを食べるほうが、店の味をもう一つ覚えられるだろう。まごついているように見えたのか、おっちゃんは「わしと一緒でええかぁ」と振ってきた。「はい」と応えると、おっちゃんは炒飯の皿を二枚、麻婆豆腐用の高台皿を二枚、まな板の上に置いた。そしてニラを一束取り出すと出刃包丁でみじん切りにし始めた。ニラは何に使うのだろうかとやや不安になりながら夏生は再び餃子を握りにかかった。夏生の目には餃子、耳には焼き飯が調理される音が入ってくる。コンロの台座と中華鍋がぶつかり合う音が消えた。おっちゃんは鍋を振りながらシャッ、シャッと音を立てて宙に舞う焼き飯を玉杓子で受け取って皿に移す。まな板の上には半球状の焼き飯が二人前出来上がった。鍋に残った少量の焼き飯は、玉杓子で受け取られて一方の皿に付け足された。いよいよニラ料理かと、夏生はチラリとおっちゃんを見る。再び熱せられた中華鍋にはズンドウから鶏がらスープが入れられた。今朝一番の鶏がらスープだから澄んだ味がするのだろう。何やら期待したくなってきた。おっちゃんは化学調味料をサラッと加えると冷蔵庫の扉を開けて屈み込んだ。立ち上がったおっちゃんが持っているのは味噌だった。スーパーから買ってきたままのビニル袋に入った味噌だ。袋はすでに角が切られていて、おっちゃんは湯気が立つスープの上でビニル袋を両手で握った。ビニル袋からにゅるにゅると茶色い味噌が棒状になってスープに落ちていく。

何っ、味噌汁。だしは鶏がらかぁ。

おっちゃんは味噌が溶けるように静かにスープを動かしてから再び冷蔵庫の前に屈んだ。立ち上がったおっちゃんの左手には豆腐が一丁。右手にペティナイフを持ったおっちゃんは鍋の前で味噌汁が煮だつ直前を待った。鍋から上がる湯気が白さを増した時、おっちゃんの掌の上で賽の目に切られた豆腐は端からぽとりぽとりと味噌汁の中に落下していく。おっちゃんはガスを止め、ザルに入れたみじん切りのニラを鍋にぶち込んだ。

「できたでぇ」

カウンター越しのおっちゃんの声に夏生も席に回った。赤いカウンターの上には湯気の上がる鶏がら味噌汁。味噌汁の表面は一面、緑一色だ。誰が味噌汁だと思うだろう。だが、味噌の懐かしい香りと熱の通ったニラの微かにとんがった臭いが混ざって鼻腔に心地よかった。見た目はびっくりだが食欲をそそる香りだ。緑の味噌汁の横には焼き飯。夏生に用意された焼き飯は、鍋に残った焼き飯が加えられている方だった。半球形の飯のかたまりに滑り台のように鍋に残った飯が斜面を作っている。

「わしゃぁ、飯食いとうないんじゃ。飯食わんでもええようにならんかなぁ」

おっちゃんはレンゲで味噌汁をすくうと、ズズズと音を立てて吸い込んだ。毎日同じようなものを食べていると「飯食いとうないんじゃ」となるのかもしれぬが、夏生は毎日この飯でいいと思った。緑の味噌汁を口に含む。鶏がらのコクが舌から喉にかけてひっかかった。みじん切りのニラもかろうじてシャキシャキ感を残していて、食べている実感たっぷりだ。

「自分は、食べ物の好き嫌いはあるんかいな」

「臭いのきついものはあんまり」

「この店は、きついもんばっかかやで」

「店では、大丈夫です」

実際、夏生は店の臭いに嫌悪を感じなかった。感じている余裕がなかったのかもしれない。焼き飯と緑の味噌汁は美味かった。時刻は十一時半少し前。いよいよ開店だ。

天国飯店は街道が交差する四つ辻の南東角にある。北側と西側にある引き戸を開錠し半間の戸が重なるように全開にする。そして二つの入り口に赤い暖簾をかける。次いでメニューサンプルの展示棚を覆っている木製のナイトカバーを外す。仕込み中の店内は蛍光灯の光だけだったが、今は真昼の陽光が差し込んで店内は気持ちのよい明るさになっていた。

すぐに客が入ってきた。

「ジンギスカン、餃子」

「八宝菜、焼き飯」

店には夏生の注文を告げる声と、それを復唱するおっちゃんの低い声、そしてガスの台座と中華鍋がぶつかり合う音が、小さな隙間を挟みながら続いた。日曜日の昼は平日の夕飯時と同様、激しいラッシュが続いた。ただ、昼だからか、夏生は体にキレを感じながら動くことができていた。外が太陽の光で眩しいことも気持ちを軽くさせていた。

午後二時を回ると客足がぴたりと止まる。夏生は餃子を握る。昼にバット二枚分の餃子が出てしまい、夜に向けての補充が必要だった。おっちゃんも仕込みに入る。まず冷蔵庫の中を点検し、そして電話機に向かった。

「ああ、天国やけどな、白菜とな、キャベツを一箱ずつ、今日頼めるかぁ。……そうかぁ。ほな四時には頼むで。おおきに」

八百屋への注文は一方的だ。天国飯店の店員は、店のことを「天国」と称している。初めて聞いた時は、何をおふざけになっているのかと思ったが、食材の注文から出前の承りまで全て「天国」で通していて、いつしか夏生の口からも滑らかに「はい、天国です」と出るようになっていた。

電話を終えて、おっちゃんが夏生のところに来て立ち止まった。夏生が餃子を握る様をじっと見つめながら一言。

「自分はなかなか器用やなぁ。お世辞ちゃうで。餃子は粒が揃うていることが大事なんや。初めてにしては上出来や」

夏生は嬉しくなって「はあ、どうも」と笑みを漏らした。

「きっと、わしの教え方がよかったんやなぁ」

持ち上げられたのか、落とされたのか、夏生は「ははは」と笑うしかなかった。おっちゃんは冷凍庫から豚ばら肉のかたまりを取り出すと、

「酢豚の仕込みをせにゃならん」

と張った表情で言った。酢豚一皿三百五十円。豚ロースを使った特製酢豚は七百円で、単品では芙蓉蟹と並ぶ天辺メニューだった。

二人の仕込みは三十分間ほど続いた。仕込みの手を止めたのは来客があったからである。

「いらっしゃあい。どうぞ、どうぞ」

アルバイト生の前には発声しないおっちゃんの声。珍しかった。北側の入り口を見ると丸顔の男の客が一人。ショルダーバッグのストラップをたすきに掛け、入り口からカウンターまでの僅か一メートルをよちよちと歩く。手を伸ばしてカウンターの縁を触ると、笑みを漏らしてスツールに馬乗りするようにして座った。ショルダーバッグを腹の前に回すと、

「今日も頼んまっさ」

と一言。そして、カウンターの陰で夏生からは見えなかった白い杖を両手で持ち直すと、

杖のつなぎ目をクイッと伸ばしてポキポキと折り出した。

「このお客は目が見えない人なのか」夏生は白杖を使う人に会ったことがなかった。白杖や駅のプラットホームに埋め込まれた点字ブロックは知っていたが、実際にそれらを使っている人を見るのは初めてだった。

おっちゃんは自ら冷水を入れたコップをカウンターに置く。

「衣笠さん、何しましょう」

おっちゃんの促しに、その衣笠という客は「すんまへん。ビールをもらいますわ。あと、炒飯と酢豚をもらいまひょ」と小声だが嬉しそうに応えた。

「ビールや」

おっちゃんは振り向いて夏生に注文を通す。おっちゃんはそのまま炒飯を作り始めた。

夏生は栓を抜いたビール瓶とコップを衣笠のところへ運ぶ。さて、どうしたものか。カウンターの向こうには、衣笠が水の入ったコップを両手で包むようにして注文の到着を待っている。

「あ、あの、ビールです」

夏生の声に衣笠はにこりと笑って水の入ったコップを夏生の方へずらすと

「バイトさん、おおきに」

と、夏生の方へ両手を伸ばした。それぞれの手にビール瓶とコップを握らせろというメッセージだと夏生は直感し、衣笠の手に瓶とコップを触らせた。「おおきに。おおきに」と衣笠はビール瓶を握り取ると、一旦カウンターに瓶底を着けてから瓶の細い首を握り直した。その所作を見つめていることが客に対して失礼なことなのかどうか、夏生は意識もせず衣笠の前から動けなかった。

衣笠は瓶底をカウンターに着けたままゆっくりと瓶を傾ける。右手に持ったコップの縁を瓶のかぶらに着けた。カチンと音がしてから、とくとくと黄色い透明なビールがコップに入っていく。少し傾けたコップの八分目までビールが入ると、衣笠は当たり前のように瓶の傾きを戻してゴクゴクゴクとコップのビールを飲み干した。

「ああ、昼のビールは美味いのぉ」

衣笠は右手で口元を拭いながら笑った。

「よろしいなぁ」

鍋を振りながらおっちゃんが応じる。夏生は炒飯が出来上がることに気付くと、白いプラスチックの皿をまな板の上に置いた。おっちゃんは、鍋を振って宙に舞う炒飯を玉杓子で受け取ると、夏生の用意した皿ではなくて丼を取り出して炒飯をポトンと入れた。

「お待ちどうさん」

と衣笠に丼を受け取らせる。そして箸立てから割り箸を一膳抜き取ると「割り箸ですぅ」と衣笠の右手に握らせた。

「おおきに。おおきに」

衣笠はカウンターに丼を置いてから、パチンと箸を割った。焼き飯の入った丼は、シャツのボタンが並ぶ線、衣笠の体の中心線と重なった位置に置かれている。

「ほな、いただきますわ」

あたかも丼が見えるかのように左手で丼を取り上げると、衣笠は丼の縁に口を付けてハァ、ハァと熱い炒飯を口中に掻き入れた。モガモガと噛んでからもう一度ハァ、ハァと掻き入れる。ゴクンと頷くように頭を振って飲み込むと、衣笠は丼を自分のシャツのボタンが並ぶ線の位置にコトンと置き、持っていた箸を丼の縁に渡した。そして、丼を挟むような位置にあるビール瓶と空のコップを左右の手で持ち上げると、少し軽くなった瓶からコップにビールを注いだ。瓶の傾斜はさっきよりも大きく、注がれるビールはドクンドクンとさっきよりも大きな呼吸をしているようにコップに入っていく。コップの中でビールがどんどん上昇していく。八分目に差し掛かる時、衣笠は瓶を立てた。ビールを一口飲むとカウンターの元の位置にコップを置き、右手の人差し指をチッと音を立てて舐めた。

酢豚が出来上がった。おっちゃんは、またもや夏生が用意した皿を使わず丼を出して酢豚を入れた。夏生は丼をもって衣笠に対すると「酢豚です」と静かに伝える。衣笠は、炒飯の入った丼の向こう側に置いてほしいと応えた。衣笠から見れば、体の正面に炒飯の丼、その奥に酢豚の丼、その二つの丼を挟むように右にビールのコップ、左にビール瓶がひし形の頂点のように並んでいる。

「ああ、酢豚はええ臭いやねぇ」

と言いながら炒飯の丼に渡した割り箸を持つと、酢豚の丼を取り上げてフーッ、フーッと息を吹きかけた。衣笠は丼の縁に口を付けて酢豚を口中に押し入れる。そして酢豚を飲み込むたびに「ああ、美味い。ああ、美味い」と、白く大きな前歯を見せた。

丼を定位置に戻すと、コップに残ったビールを飲み干した。そして左手にあるビール瓶に手を添わせて首を握ると、コップにビールを注ぎ始めた。ビール瓶はほぼ水平になっていて、残ったビールがトクントクンとコップに入っていく。「この人は目が不自由なのに、どうして一滴もこぼさずにビールを注げるのか」夏生は衣笠の前に立ってしまっていた。

衣笠が瓶を起こす。夏生は衣笠が持つビールの入ったコップを見て、「ああっ」と込み上げて来た声をグッと呑み込んだ。衣笠の人差し指の先がビールに浸かっていた。衣笠はゴクゴクとビールを飲み干すと、人差し指を舐めた。

振り向いた夏生とおっちゃんの目が合った。「そういうこっちゃ」とおっちゃんの目は言っている。

炒飯と酢豚を食べ終わった衣笠は、瓶に残ったビールをコップに入れて飲み干した。

「おおきに。お勘定してやぁ」

「はい。九百二十円です」

夏生が対応する。衣笠はカウンターと自分の腹の間に挟まれたショルダーバッグから小銭入れのような小さな財布を取り出すと、ジッパーのスライダーをジジジと動かした。そして、中から折りたたんだ紙幣を取り出すとパリッパリッと伸ばしていく。夏生は差し出された千円札を受け取った。伸ばされた千円札には十文字の折り目が入っている。この折り方も衣笠が紙幣を区別するために考えた工夫の跡なのかもしれぬと思った。

レジのドロワーから八十円を取り出した。

「はい。お釣りです」

「ああ、おおきに。おおきに」

衣笠は水をすくうように両手をお椀の形にして突き出すと、夏生から五十円玉一枚と十円玉三枚を受け取った。そして、五十円玉の穴と周囲の溝を指で確かめ、残りの十円玉三枚を重ねて同じ硬貨であることを感じ取ってから、ジャラッと財布に収めた。夏生は慣れた職人技を見ているような気持ちになった。

衣笠はショルダーバッグから折りたたんだ白杖を取り出すと、クイックイッとジョイント部分をつなぎ合わせた。そのまま後ずさるようにカウンタースツールから下りると
「おおきに。また来ますわぁ」

と夏生たちに軽く頭を下げてから、ツンツンと床を白杖で叩きながら店を出ていった。

衣笠は天国飯店の常連だった。常連と言っても一週間に一度、客足が途絶える日曜日の午後にだけやって来るのだ。衣笠が初めて店に来た時、おっちゃんもアルバイト生も対応に戸惑ったという。注文の品を平皿ではなく丼に入れることは、衣笠から頼まれてのことだった。ビールや何品もの料理を注文する衣笠が不自由なく食事できるのかどう

か、おっちゃんも心配したという。「大丈夫でっか」などと声をかけてしまう時もあったというが、その度に衣笠は「おおきに。おおきに」と笑うだけで、綺麗に注文の品を平らげて店を出ていった。

「衣笠さんが来はる度になぁ、わしゃあ、何かえらんお世話しようとした自分が見えてきてなぁ。せやけど、やっぱ、今も気ぃ遣うとる時もあるなぁ」

勘定を済また衣笠を見送ってから、おっちゃんは夏生に言った。

衣笠が食事をしたカウンターには、丼二つとビール瓶、コップがひし形の頂点のように依然として並んだままだ。おっちゃんが出した水を入れたコップは口が着けられず、衣笠から見てビールを入れたコップの奥に置かれていた。目が見えても、同じ位置には置けないな。というか、置こうともしないな。生きるために味わう不便さを跳ね返そうとする衣笠の身のこなしは軽やかで確かだった。


衣笠が店を出て数分後、電話が鳴った。

「はい。天国です」

「ああ、わかば荘の二階の奥やけどぉ……。中華丼一つ、持って来てぇ」

眠そうな女の声はそれだけ言うと、向こうから電話を切った。

「中丼一つ。わかば荘の二階奥って言ってました」

おっちゃんは、チッと舌を鳴らすと「中丼」と低い声で復唱した。

客のいない店内には、バシン、バシンと中華鍋とコンロの台座がぶつかり合う音だけが響いている。おっちゃんが水溶き片栗粉を玉杓子ですくうのを見て、夏生はラップを用意した。ならした白飯に、おっちゃんが出来上がった八宝菜をのせる。白菜の淡い黄緑や人参のオレンジ色、ピーマンの緑に豚肉の薄いグレーが白い餡に混ざって湯気を立てている。ラップで丼を覆うと透明のラップが湯気で曇った。

「わかば荘、分かるかぁ」

鍋をささらで洗いながらおっちゃんが言った。

わかば荘は、店の前の南北に走る街道を天満組へ向かって下っていくとその途中にある。木造二階建てのその建物は、築年数が二十年以上であることを隠すためか、外壁には灰色の波トタンが打ち付けられていた。上下階にそれぞれ部屋が三つずつあり、ペンキの剥げた鉄製の階段を上り切るとベランダのような共用廊下になっていた。共用廊下を奥に向かって進む。左手には鉄製の格子が入った手すりが設えられ、右手の壁には間隔を置いて開き戸が二つ見えた。中華丼を注文した女の部屋は、共用廊下を真っ直ぐに突き当たった壁にある。半間開き戸が入り口だった。

中華丼を盆にのせ、夏生はおっちゃんに教えられた通りにわかば荘に向かった。街道を南に下りながら振り返ると午後の陽に照らされた自分の影が二時の方向に伸びている。街道筋にあるスナックや小料理屋の店先には南天の鉢植えがあり、小さな米粒のような蕾を付け始めていた。

灰色波トタンのわかば荘はすぐに分かった。鉄製の階段をカンカンと上る。上り切ると幅半間ほどの狭い共用廊下だ。一番奥の部屋は開き戸が開けられ、風で閉まらないようにノブに掛けられた布紐が手すりに結ばれていた。入り口には季節を無視した簾が吊られていて、廊下から中は見えなかった。

「毎度、天国飯店です」

簾の前に立つと、編み込まれた葦の隙間から部屋の中が薄ぼんやりと見えた。返事がないので夏生はもう一度呼びかけた。

「ちょっと待ってぇ。今、行くさかいに」

奥から女の声がした。「いくらえぇ」との問いかけに「三百円です」と応じていると、ひたひたと素足で歩く音がした。音がしたかと思うと簾をめくって若い女が現れた。女は丈の短い白のスリップ一枚だった。むき出しになった肩や胸の膨らみは白く柔らかみを帯びている。

「ごめんえぇ、へんな格好で出てきてしもて」

見てはいけないと思いつつも夏生の視線は膨らんだ胸に向けられる。女は「おおきに」と盆から丼を取り上げると、摘まんだ三百円を夏生の掌にチャラッと置いた。

「器は、ここに置いとくし、後で取りに来てな」

化粧をしていない二重の上目づかいにはまだ子どもっぽさが残っている。子どもっぽく見えたのは艶やかなボブヘアのせいでもあった。カンカンと階段を下りながら、あの若い女はどんな仕事をしているのだろうと夏生は思う。

店に戻ってレジのドロワーに代金を入れていると

「女んとこに、男はおったか」

と、おっちゃんが言う。「いいえ」と答えたが、確証はない。男がいるのか。スリップ一枚の二重瞼を想い浮かべた。

いても、おかしくない。

「いたかもしれませんが、出てきたのは若い女の人だけでした」

と夏生は言った。

膨らんだ赤い風船がゆっくりしぼんでいくような思いがした。

四

四月末の夕暮れは生暖かく、店の出入り口から見える外は、薄く透明な藍色だった。

この日曜日は夏生にとって初めての出番で、もう七時間近く店にいることになる。夕飯時のラッシュに備えて、おっちゃんと夏生は別々に早い夕飯をとった。おっちゃんは、丼に少々の白飯をよそい、冷蔵庫から京漬物を出して飯にのせた。副食はキムチをのせたラーメンだった。開店前の食事と違い、おっちゃんはゆっくりとラーメンをすする。夏生は餃子を握った。握りながら、おっちゃんのキムチラーメンを見る。醤油味の透明なスープに浸る黄色い麺の上には、強烈な赤唐辛子の粒が付いた白菜キムチがくったりと場を占めている。ズズズッと麺をすった後にザクザクと白菜を噛む音が聞こえる。

「よし。俺も晩飯はラーメンにしよう」夏生は鼻から息を吐いて一人笑った。

夏生が自作のキムチラーメンを食べ終わると時刻は午後五時を少し回った頃だった。

「客が来る前にな、出前の器を集めてきてや」

おっちゃんの一言で、夏生はわかば荘を思い出した。

あの若い女は入り口のところに器を置いておくと言っていた。中華飯を食べた後の丼を想い浮かべてみる。想い浮かべて夏生はお盆を取ると「行ってきます」と店の勝手口を出た。街道に出ると、店の中から見るより外は明るく感じられた。昼間、太陽に照らされた道路や家々は心地よく温まって周りの空気に温度を伝えているようだ。

わかば荘の階段を上る。階段を照らす灯りなどなかったが、踏面の剥げた白いペンキのおかげで、踏み外さず共用廊下まで辿り着いた。

「早よう、せいや。遅れるで」

共用廊下の奥、女の部屋から男の声が聞こえた。

男は、上下白色のスーツに白の靴、上着の下からは派手な柄の開襟シャツが見えていた。スーツに包まれたガッチリした体躯に夏生は威圧された。頬が少しこけた色白のマスクには大きな目が光っている。

「早ようせぇや。ほんま、しゃあないのぉ」

男は入り口に吊り下げられた簾の奥に向かってもう一度荒い声を投げた。そして、ズボンのポケットに手を突っ込むと、肩を怒らせて一人歩き出した。夏生も男が入り口から離れるのと同時に歩き出す。数歩歩いて、男とぶつからないように夏生は格子の入った手すりの方へ体を寄せた。

男がギッと夏生を見た。

見たことのある目だ。

男が鉄の階段をカンカンと下りていく音を聞きながら、夏生は思い出した。あの男は天満組の事務所にいた。炒飯と餃子を出前させ一万円札を出した男だ。おまけに店から冷水を持って来させたいけ好かない野郎だ。間違いない。夏生は確信した。おっちゃんは「男はおったか」と言っていたが、炒飯餃子がその男だったとは。夏生はふらふらと部屋の入り口に向かう。

と、ザラッと簾をめくって女が出てきた。光沢のある朱色のチャイナドレスには金色の梅花が刺繍してある。女は夏生に気付かずに勢いを付けて引き戸に向き直った。瞬間、膝上まであるドレスのスリットから白い足が見えた。スリップ一枚の時より白さが際立った。施錠し終わると、女は夏生に気付く。

「あら、ごくろうさん。入れ物そこに置いたるしな」

ドレス同様光沢のある紅を付けた唇をキュッと結んで女は夏生に笑った。

「おおきに、どうも」

とっさに声が出る。女は、

「美味しかったでぇ。また、お願いするし」

振り向かずに言いながら、カン、カンと階段を下りていった。急がせる男とは裏腹に、大河のように女は歩いた。

器はどこだ。

閉められた引き戸の右側に新聞紙が見えた。そうっとめくった新聞紙の下には、綺麗に洗った器があった。手に取って器の内側を見る。辺りは薄暗くはあったが、器の表面には艶があった。洗った後に布巾で水っ気を拭き取ったことが分かる。あの女が洗ったのだな。夏生は持ってきた盆を脇に挟むと器を両手で包むように持って店に向かった。

夕飯時を迎えてはいるが、戻った店に客はいない。

「男がいましたよ」

器を片付けてから、おっちゃんに言う。

「この前、天満に出前した時、事務所にいた男でした」

「そうかぁ。あいつは時々、店に食べに来よる。一人でな。どうやなぁ、もう四、五年くらい天満におるんとちゃうかな。初めの頃はな……」

客が入ってきた。おっちゃんは踵を返すと中華鍋に正対する。

「何しましょ」

冷水の入ったコップを客の前に置いて、夏生は注文を取る。

「餃子とニラレバー炒め」

「ニラレバ、餃子」

夏生の声におっちゃんは「ニラレバ」と低く復唱して、一束のニラを取り出した。

夏生は開店前に食べた刻みニラが入った味噌汁を思い出しながら餃子鍋に跳んだ。

このニラレバー炒めから夜のラッシュが始まった。夏生はおっちゃんから白スーツの男について話の続きを聞きたかったが、ラッシュに追われ、気付いた時は午後の八時半だった。閉店準備にかからねばならない。おっちゃんも、男について話し始めたことを忘れたかのように黙っている。体の動きは明日の準備に向いていた。

八時半を回ると、夏生はズンドウから鶏がらスープをボウルに移す。ラーメン十杯分くらいのスープが入る大きめのボウルだ。スープを移すとズンドウの後始末に取り掛かる。ズンドウの底には、太い鉄線で作られた網が残ったスープの中に透けて見える。この網は煮られた鶏がらが浮いてくることを防ぐ役目を持っている。夏生は両手にダスターを当てると、ズンドウの取っ手を握ってグイッと手前に引いた。そのまま厨房のコンクリート床にズンドウを下ろすとゆっくり傾けて中に残ったスープを排水溝に捨てるのだった。初めてアルバイトに入った夜、西山が「ええか、スープはゆっくり流さんとあかんでぇ」と言っていた。ズンドウを急に傾けると、流れ出るスープの勢いに乗ってふやけた鶏がらが床に散らばってしまうのだ。頸や背の骨はまだよい。恐竜を連想させる鶏の足は少し抵抗を感じる。しかし、時として鶏の頭が転がり出ることがあると西山は言っていた。それは勘弁だ。羽毛を全てむしり取られた鶏の頭は、まぶたを微かに開いて床の上で止まるという。

「そうなったら、どうするんですか」

「拾って捨てんねん」

「割り箸で、ですか」

「素手や、素手。そんなもん慣れや、慣れ」

夏生は、鶏の頭を拾う場面に出くわしていない。できれば、これからもそうであり続けたいと思った。

時計は間もなく九時を指す。日曜日でもこの界隈のスナックやバーは開店していて出前注文が入る時がある。この日は、隣の小料理屋から叉焼の注文が入った。

「いっつも、出前せえ言うてくる」

おっちゃんの独り言を聞きながら夏生はタイル床に水を流してデッキブラシで客の足跡を消していた。カウンターをダスターで拭き、酢醤油やラー油がのった小型トレイの汚れを拭った。あとは、外のメニューサンプル棚にナイトカバーをかけ、暖簾を入れれば終わりである。時計を見ながらどうしようかと迷った時に「出前頼むでぇ。隣の十六夜や」とおっちゃんの声がした。

ラーメン用の叉焼より少し厚めに切ったものが五枚、こんもりと盛られたキャベツの千切りの上に並べられている。五枚の叉焼はパーティーのオードブルのようにずらして重ねられ、その端からキャベツが大人しく顔を見せている。出来上がった料理にラップをかけて、夏生は勝手口から夜の街道に出た。小料理屋は隣である。白で十六夜と染め抜かれた暖簾をくぐって開き戸を開ける。

「毎度、天国です」

「おおきにぇぇ。遅うからすんまへんねぇ」

和服を着た女将がカウンターの中から笑った。カウンターには猫背の男が一人、ビールをコップに注いでいた。

「松ちゃん、焼き豚来たよ」

女将の声に顔を上げた松ちゃんは「なんぼや」とぶっきらぼうに夏生に言った。松ちゃんは鼻の下から顎にかけて丸く濃い髭を生やしていて、その髭のせいで痩せこけた顔が小さく見えた。

「五百円になります」

松ちゃんはがま口を逆さまにして百円玉を掌で受け取ると、カウンターの上にジャラッと放った。夏生が百円玉を集めてポケットに入れると、

「新しいバイトさんかえ。隣同士やし、ようしてやってや。バイトさんも一回飲みにきたらよろし」女将は本気が愛想か分からない言葉を夏生に向け、名刺代わりと言ってマッチ箱を渡した。夏生は「まず、行かないだろうな」と思いながらも礼を言って店を出た。

店に戻ると、おっちゃんが入り口を施錠しているところだった。

「髭面がおったやろぅ」

「はい。痩せた人でした」

「あいつは、いっつも日曜の夜に隣に飲みに来よる。そんで、いっつも焼き豚を注文し

よるんや。たんまに店に食べに来よることもあるけどなぁ」

おっちゃんが厨房に戻ってくると、夏生は思い出したように言った。

「わかば荘で見た男、まだ若いですね」

「ああ、あいつのことならまた話したるわ。さぁ、終わろかぁ」

おっちゃんは、レジから千円札を抜き取ると、

「自分、五十円もってるかぁ」

と笑った。

夏生は五十円と引き換えに千円札を五枚受け取った。

「十一時間で四千九百五十円。細かい銭は間違うしな。すまんな」

夏生は全く気にならなかった。千円札をジーパンのポケットに押し込むと、白衣と白いゴム長を抜いだ。おっちゃんも白衣を脱いで半袖シャツ姿だ。

一日のアルバイトが終わった。快い疲労が夏生を満たしている。

下宿に戻ると大家からの伝言が部屋の入り口に貼り付けてあった。伝言の内容は西山からのもので、夏生に西山の実家まで電話を入れてほしいとのことだった。使える電話は下宿生用におかれたピンクの公衆電話しかない。夏生は部屋に入り、十円玉を集めた。

西山の実家は三重県である。十円玉が何個要ることか。とりあえず、電話機に入るだけの十円玉を入れて、ダイヤルを回した。発信音が三度鳴り、「西山です」と聞き慣れた早口が応答してきた。西山は直ぐにかけ直すと言い、一方的に電話を切った。何だ、それなら十円玉は一個で済んだなと思い、電話機の下っ腹にある硬貨返却口から十円玉を取り出した。ピンク電話が鳴る。夏生は受話器を取ると西山の「すまん、すまん」が聞こえた。西山は、母親の容体がなかなか安定しないのでもう一週間実家にいることになったと伝えてきた。加えて、今週の水曜日と次の日曜日のアルバイトを夏生に代わってほしいことを付け加えた。西山は二回続けて日曜のアルバイトに出る予定だったことが分かった。水曜日は日本文学のサークル夏雲の日だ。しかし、ここで断ったところで事は何も進まない。夏生は西山の頼みを受け入れ、「お母さん、お大事に」と電話を切った。まだポケットに入っているアルバイト代の千円札を触りながら、次の日曜日にも新しい千円札がポケットに入ることを思うと、何も負担を感じなかった。

水曜日、西山の代わりにアルバイトに入る。サークル夏雲とは時間帯が重なるため欠席は止むを得ない。夏生は無断で欠席はしたくないと思い、サークル員に何とか連絡する術はないかと考えた。部長の今出川は「困ったら何でも相談しいや」と言っていたが、連絡先すら教えられていない。一回生の女子部員と講義で会えるかどうかも分からない。こうなったらサオリの下宿を訪ねて欠席を直接伝えようと考えを締めくくった。

月曜日の夕刻、サオリの下宿の窓からは灯りが漏れていなかった。家庭教師のアルバイトに行っているのかもしれない。夏生は、午後八時を回ってから訪ねることは控えるべきだと思っている。サオリに馴れ馴れしい振る舞いだと思われたくなかった。しかし、火曜日の夕刻も窓から灯りは漏れていなかった。仕方がない。直接伝えられないならば、欠席届けの如き紙を掲示板に貼っておこうと考えた。以前、サークル員募集のチラシが貼ってあった日本文学専攻の掲示板がいいだろう。

水曜日の昼食時、夏生は自分で作った欠席届を持って掲示板に向かった。葉書大の紙に欠席の旨を書き、それを赤いマジックインキで囲った。掲示板の前には誰もいなかった。どこかに画鋲はないかと掲示板の隅や下端を探していると「あら、夏生さん」と声をかけられた。振り向くとサオリが立っている。四月三十日、初夏の陽気だ。サオリはピンクのボタンシャツを腕まくりし、その上にデニム地のベストを着けていた。

サオリと会うのは歓迎コンパ以来である。一週間しか経っていないが、銀縁の丸眼鏡をかけて笑っているサオリが少し大人びて見えた。唇にうっすらと紅を塗っていた。この人に見つめられると思考が止まる。思考は止まるが、向かい合っている時間も止められたなら。夏生は思う。そう思うと急なアルバイトを引き受けたことを後悔するが、仕方なしに今日のサークルに参加できないことを伝えた。

「ええっ、今日ダメなの。私がレポートするって、前に伝えなかったっけ」

私よりアルバイトを取るのか、この男は。と、サオリは悪戯っぽい視線で夏生を刺した。夏生は胸を反らせてスーッと鼻から息を吸い込むと、欠席届をギュッと握りつぶした。

「いいのよ。急に入ることになったんでしょ。人助けよね。バイト代も入るし。そのバイト代で何か御馳走してもらおうかな」

サオリは腕組みをして言った。腕に持ち上げられた二つの丘陵の間に浅い谷ができていた。そして、「あなたって、真っ直ぐな人ね」とふふふと笑い、「じゃあね」と行ってしまった。

午後は一コマ講義がある。始業まではまだ時間があった。夏生は三百人は入るであろうマスプロ講義室へ行き、時間をつぶそうと思った。頭佗袋の中には今朝買ったアンパンとクリームパン、コーヒー牛乳のテトラパック、そして文庫版の徒然草も入っている。

三階にある大講義室には、もう数人が来ていた。最前列に一人。きっと真面目な学生なのだろう。東向きの講義室の左側はカーテンを開けておいても少し暗い。緩いスロープ状になった講義室後ろから見下ろすと六人掛けの長机が四脚、横に一列になって設えられ、その列が最後列まで十五、六並んでいる。その七、八列目辺りの左端に男女のカップルが一組。男が通路側で女を守るように座っていた。夏生はアンパンをかじり、コーヒー牛乳をストローで吸い上げる。「うっ、粒餡だったか。漉し餡が好きなんだがなあ」小豆を前歯で噛みながらパンの袋を見る。粒餡とか漉し餡とかの表示はどこにもなかった。気を取り直して好物のクリームパンの袋を破る。袋から顔を出したクリームパンを、それこそパクッとかぶり付いた時に、後ろから名前を呼ばれた。

「無藤ぅ君」

振り返ると夏雲メンバーの一回生女子だった。彼女の後ろには、背の高い男が十文字のバンドで縛った本とノートを抱えて立っている。

「一人で、お昼ご飯なんて寂しいね。それよか、恋人できたぁ」

一人昼飯で悪かったな。一回生女子の見下した視線を振り払って夏生は一言返した。

「うるせぇぞ」

「一人は寂しいからさあ、早く恋人作ろうね」

一回生女子はスキップをして講義室のスロープを下りていく。その後ろをゆっくり歩く男は足が長かった。

パンを食べ終わった夏生は、コーヒー牛乳を最後の一滴まで吸い上げると頭陀袋から徒然草を取り出した。パラパラと文庫を開いて文字に目を落とす。今日、サオリはどんな話をするのだろう。ページをめくったところで顔を上げる。講義室には学生たちが集まりだし、そこここで雑談のかたまりがいくつもできている。ざわざわと喧騒が大きくなっていく。夏生は今自分が一人でいることにわずかの寒さを感じた。講義室左端のカップルはじっと動かない。入室してきた学生たちもカップルからは距離を置いて席を取っている。「早く恋人作ろうね」か。

まだ、春だった。

四

午後四時半、天国飯店に入る。「自分が代わりか。頼むでぇ」とおっちゃんが声をかけてきた。この日の夕飯はジンギスカン丼にした。夏生は豚肉や牛肉にないマトン独特の甘ったるい臭みに慣れようと思っていた。店のジンギスカン定食はマトンをキャベツ、玉ねぎと一緒に炒める。おっちゃんオリジナルの甘辛いタレは若い客に人気があった。夏生は、キャベツ、玉ねぎにモヤシと人参、ピーマンも追加してタレをまぶす。少しだがマトンの臭みが薄らぐように感じたからだ。野菜たちから出た水分に溶き片栗粉を絡めて餡かけ風にする。それを丼飯に掛けて一気に食べるのだった。二口も食べればマトンの臭みを感じなくなる。だが、心からマトンを食べたいと思う日はやって来ないような気持ちは残った。

この日もラッシュはやっぱりやって来た。なぜか餃子の注文が連続し、夏生は餃子鍋とシンクの間を何度往復したことか。餃子の注文が連続すると、鍋の鉄板は熱を放つ時間を失う。生の餃子を鉄板に並べるとわずかの時間で皮に焦げ目が付いてしまう。餃子鍋の前に張り付いていられればまだよい。しかし、鍋の前を離れシンクに浸かった食器を洗い、客に釣銭を渡し、新しい客の注文を取る。この合間を縫うようにして餃子鍋の前に翻っては、焼け具合を確認しなければならない。おっちゃんは「わしゃ、知らんでぇ」の空気を発しながらひたすら中華鍋を振り、料理を仕上げていく。

出来上がった餃子を出してから、餃子鍋の隣にある湯を張った中華鍋にラーメンの麺をぶち込んだ。菜箸で麺をほぐしてすぐにシンクに溜まったコップを洗いにかかる。溜まったコップの半分ほどを洗った時に、新しい客が入ってきた。注文は炒飯と餃子。「また餃子かよ」と嫌気が差している自分に喝を入れて、

「焼き飯、餃子」

夏生は注文を叫んで洗い物の手を止め、新客に冷水を出した。そのまま餃子鍋に翻ると、冷蔵庫から餃子の入ったバットを取り出す。動きの勢いがそのまま伝わって冷蔵庫の扉をバッタンと閉めてしまった。チラッとおっちゃんを見るが、おっちゃんの全神経は鍋の中の料理に注がれているように見えた。左側の餃子鍋の鉄板は餃子を焼いて間がなく、表面が十分に熱い。夏生は、餃子の餡に熱が通る前に皮が焦げ付くことを避けようと、右側の鍋に餃子を並べた。サラダ油をかけて顔を上げると、おっちゃんが炒飯を盛り付けるところだった。夏生は、さっき麺をぶち込んだラーメン用の鍋を見る。沸騰して対流するお湯に乗って、麺も生き物のように泳いでいる。あと少しだ。夏生は麺から離れ、炒飯を出す。そのままラーメン用の鉢にタレと調味料を入れ、もう一度麺を柄付きの網ですくってみる。もうよい。麺を湯に戻すとズンドウから鶏がらスープを柄杓

ですくい鉢に注ぐ。鉢の中で鶏がらスープが回って醤油ベースのタレと一体化していくと、透き通った醤油味のスープが湯気を立てた。鍋の湯の中に麺が残らないように網で麺をすくい取り、湯を切って鉢に移す。具をのせて客に出す。流れるような作業だと、夏生は自分に酔った。そのまま途中になっているコップ洗いに取り掛かった。シンクに張られた水の表面には、酒屋がサービスで置いていく一合容量のコップが十個ほど揺れている。

最後のコップを洗い終わる頃、次の客がやって来た。注文は八宝菜定食と餃子。

「八宝菜、餃子」

おっちゃんに向けて注文を通す。注文を通すと、アッと思い、背中の筋肉がキュッと縮んだ。やらかした。さっきの餃子を忘れていた。夏生は餃子鍋の方へ翻る。右側の鍋に並んだ餃子を摘まみ上げるとそこが真っ黒だった。ゆらゆらと煙が上がっていたのに、おっちゃんも気付かなかったのか。夏生はヘラで焦げた餃子を鍋からはぎ取って皿に移した。そして、改めて左側の鍋に餃子を二人前並べた。

「しっかりしてやぁ」

八宝菜を作っているおっちゃんが言う。「分かってたなら、手を貸してくれんかなぁ」

餃子が完全に自分に任されていることが、夏生には辛くも嬉しくもあった。

餃子二人前が焼き上がる。夏生は炒飯の客に「すんません」と一言付け足して餃子を出した。炒飯はもう二口ほどしか皿に残っていない。客は何が「すんません」なのか分かっているだろうか。分かっていても、そうでなくても夏生は気持ちを伝えたかった。言い訳したかったのだ。

時刻は午後八時に近い。ラッシュは過ぎ、気持ちは後始末に向かいかけている。おっちゃんは、冷蔵庫の中を点検し朝一番の注文に備えてメモを取っている。夏生はぼんやりと八宝菜定食の客を見ていた。その客は、餃子のタレを小皿に入れず直接、餃子にかけて食べていた。そして、半分以上なくなった丼の飯に、丸い器に入った八宝菜をドロドロッとかけた。器に餡状になったスープが残らないように、割り箸で器の底を掻いて餡を集めては、飯の上に落とした。丸器をカウンターに置くと、客は丼の縁に口を当ててアウアウと八宝菜がのった飯を掻き込んだ。残った餃子を皿の上で滑らせタレをまぶすとパクリと口の中に放り込む。そしてまたアウアウと八宝菜飯を掻き込んだ。丼に残った飯は僅かなのだろう、客は丼をお面のように顔の前に掲げ、丼に残った飯粒を割り箸でコンコンと音を立てて集め、スホッと口の中に吸い込んだ。丼を静かにカウンターに置くと、コップの冷水を一気に飲み干して小さくげっぷした。

「おおきに。お勘定」

「はい。四百七十円になります」

夏生は五百円札を受け取り、三十円の釣銭を手渡した。

おっちゃんはアルバイト生の失敗を責めなかった。シンクの中には出せなかった餃子の皿が浸かっている。それに重ねるように、今出ていった客の食器を浸けた。一度に二つ、三つのこと忘れずに進められるようにはできないものか。一つ追加すると、一つ脱け出ていく。記憶装置の貧弱さを夏生は感じる。今度、西山がどうしているか聞いてみようと思った。

洗い終わった食器を棚に戻すと、聞き覚えのあるのっぺりした声が聞こえた。

「へぇ、ここが無藤君のバイト先かぁ。ええ臭いやなぁ」

振り向くと今出川だった。夏生はとっさに声が出なかった。おっちゃんが「いらっしゃあい」と低い声で応対すると、今出川がぺこりと小さく会釈した。そして店の外に向けて
「ほんまや。無藤君いてはるでぇ。サオリ嬢の言うたとおりや」

と連れに声をかけた。

　暖簾をくぐって入ってきたのはサークル夏雲副長の堀川だった。堀川は体半分店の中で
「早よう、早よう」

と外に手招きした。夏生は今出川と堀川のためにコップに冷水を注いでいたが、堀川を見て三つ目のコップに手を伸ばす。堀川の後ろから現れたのはサオリだった。昼間見たピンクのシャツにデニムのベストのサオリは「おおっ、ちゃんといるじゃん」と顎を突き出して夏生に笑った。もう午後八時だ。三人が揃ってやって来るということは、サークルが数十分ほど前まで続いていたということだろう。サオリのレポートだけで話が続いたのだろうか。とまれ、三人の表情に疲れは見えない。楽しいサークルだったに違いない。若い三人が入ってきたこと、そのうち二人が女性であることで、店内がパッと明るくなったように感じた。入口に近い席から今出川、堀川、そしてサオリが座った。

　サオリから順に冷水を出す。今出川の前にコップを置いて注文を取った。

「な、何しましょう」

　声が少し上擦った。おっちゃんはガスを全開にして中華鍋を温めている。両足を肩幅

よりやや広く開き、鍋の柄を握ったおっちゃんの背筋は、アルファベットのYの字を逆さまにしたように真っ直ぐに伸びている。

「自分、何が食べたいの」

今出川が堀川に聞く。

「うち、野菜が多いのがええわ。そんで、炒飯も食べたいわぁ」

「よっしゃ。ほな、無藤君、木須肉《ムースーロー》一つと炒飯をもらいます。炒飯は一人前を二つに分けてもらえますかぁ」

炒飯二分割の注文は初めてだった。夏生はおっちゃんを見る。「できますよ」振り向かずおっちゃんが応える。

「サオリ嬢は何にすんねん」

今出川がサオリを急かす。夏生はサオリに「何しましょう」と声をかける一歩手前で足踏みしていた。なぜか面映ゆく、今出川の一声を救いに感じた。

「えぇぇ、夏生さんは『何しましょう』って私に注文取ってくんないのぉ」

カーッと顔が熱くなった。サオリはじっと夏生を見ている。銀縁丸眼鏡奥の視線に夏生は射られそうだ。足の裏に力を入れて一呼吸。腹に力を入れてサオリに向かう。

「はあ、何しましょう」

消え入りそうな声にサオリは微笑む。そして満足そうに
「レバー炒め定食、一丁。飯、少な目」

と力強く発声した。

サオリの声に、堀川が顔を上げる。

「いやぁ、サオリはん。あんた、レバー炒めて、何や、ごっついの食べはるんやなぁ」

「何もごっついことあらしまへんよ、堀川さぁん。私、明日は午前も午後も二コマ講義が入っているんです。魔の木曜日。しかも、二講目は書道の演習ですよ。しっかり体力付けとかないとね」

おっちゃんが出来上がった炒飯を均等になるように皿に盛った。レンゲを添えて、二人に出す。

「おおきに。あっ、無藤君、スープは付かへんのぉ」

「付きません」

「そうかぁ。でもメニューに何とかスープってあるんやろうぉ」

「ありますけど、単品で百五十円頂きます」

左から強い視線を感じて振り向くとサオリがカウンターに両肘をついて微笑んでいる。

「しっかり店員さんしてるじゃん」目が言っていた。

客が来ないかなあ。いつも思わないことを夏生は思った。


三人が店を出た時、午後八時半を少し回っていた。夏生はルーティーンに従って、ズンドウからボウルにスープを取り、カウンターの調味料を整え、タイルの床をデッキブラシでこすった。客はもう来そうにないが、九時になるまで店は閉められない。明るい店内から見える外は真っ暗だ。ゴーッというダクトの音だけが店内に響く。昼間の初夏のような陽気とは打って変わって少し冷えてきた。

「さっき来た三人は友だちかいな」

腕組みをして入り口を見ているおっちゃんが言う。

「はい。いいえ、大学のサークルの先輩たちです」

「ほう。ほかのバイトさんも、時々友だちが食べに来よるけど、女の子が来たのは自分が初めてやなぁ」

夏生は、そうですかと気にしないふりをした。

「あの端っこにいた眼鏡をかけた女の子は自分の彼女かいな」

「いえっ、サークルの先輩ですよ」

おっちゃんはサオリの視線から桜花の香りを感じたのだろうか。

「いやぁ。彼女は自分に気ぃあるように、わしには見えたけどなぁ」

そう言って、おっちゃんはあっはっはっと笑った。

夏生はサオリの悪戯っぽい視線を想い浮かべて、下を向いた。

「ちょい早いけど、閉めよか」
おっちゃんの促しに夏生は「はい」と返事して、メニューサンプル棚にナイトカバーをかけ、暖簾を取り入れた。二つの入り口を施錠して厨房に戻る。おっちゃんはレジの売上合計ボタンをチンッと叩いて、レジから長い舌のように垂れ下がった売上記録を見た。少しして、チッと小さく舌打ちした。そのまま、ドロワーから千八百円を取り出すと
「わしゃぁ、明日には死んでるかもしれへんしな」
と笑いながら夏生に手渡した。

「ありがとうございます」と受け取った夏生は、わかば荘の男の話を今日も聞けなかったことを思い出した。

帰り道は微かな星空。街道の家並みは、まだ九時だというのにひっそりと休んでいる。家々の窓から漏れる灯りを見ながら夏生は思う。天国飯店に食べに行こうと誘ったのは誰だろうか。今出川は「ほんまや。無藤君いてはるでぇ」と言っていたが、自分のサークル欠席の理由が本当かどうかを確かめに来たわけではないだろう。ならば、サオリが誘ったのか。

そうかもしれないな。

夏生は、自分の勝手な思い込みを自分で受け入れた。誰が誘ったかを誰かに聞くことはしないでおこうとも思った。

日曜日。この日は五月の連休の中日にあたっていた。夏生は西山の代打で二回目の終日アルバイトに入る。

夏生が店に入るとおっちゃんから早速指示が飛んだ。

「おはようさん。まず、卵を割ってくれるかぁ」

まな板の上には鶏卵《けいらん》が詰められた段ボール箱が置かれている。その横には高さが二十センチはある業務用の空き缶が並んでいる。天国飯店では、かつてカレーライスを出していたと西山が言っていたが、カレールーが入っていた円柱形の缶だった。

「自分は、卵を割れるんかい」

「はぁ、やったことはありません」

おっちゃんは「しゃあないなあ」と笑うと夏生に割って見せた。

「卵が腐ってるかどうかはな、割ってみんと分からへん。まず、お椀の中に割ってみる。大丈夫やったら缶に移すんや。まあ、今はまだ何ともないが、夏になると時々腐った卵がありよる。そんなもん混ぜてみい。地獄やで」

腐った卵など見たことはなかったが、仰天するような臭いがするであろうことは想像できた。

夏生は右手に持った鶏卵を左手で持ったプラスチック製のお椀の縁にコツンと当てる。強すぎると殻の破片が入るだろうから、優しく当てた。二、三度当てると殻に凹みができる。その凹みから殻を二つに開き割るように指を動かした。一個目は成功。二個、三個と順調に進む。四個目で少し力が入った。殻の破片がお椀に入るが、指でとれる大きさだった。カツン、クシャッ、トロンの三拍子に乗って空き缶には生鶏卵が溜まっていく。

缶をチラリと覗いたおっちゃんが泡立て器を缶に突っ込む。夏生はそれを受け、泡立て器を上下に動かしながら回転させた。泡立て器が缶に当たってカシャカシャと音がする。この溶き卵が焼き飯や天津飯になるんやなあ。夏生はまた少し自分が店の一員になってきていると実感した。

四月終わりから五月にかけての連休は暇になるとおっちゃんは言う。一時的に帰省する学生や旅行に出る学生に加えて、工事現場が休みになる労働者もいるらしい。なるほど、十二時前に店を開けるが、おっちゃんの言うとおり学生風のお客は少なかった。

目が回るような昼のラッシュはなく気付けば午後二時に近い。印象的だったのは、親子三人組の客が七品注文し三人が全ての料理を分け合って食べていたことだった。本来なら回転テーブルに料理をのせ好みの料理を目の前に持ってきたいところだが、カウンターを前にした親子三人は自分たちで器を順繰りに回しては、やって来る料理を食べていた。三人の中で回転のペースメーカーだったのは父親だった。頭頂まで綺麗に禿げ上がり、太い黒縁の眼鏡をかけた父親は昼飯時でも大黒柱なのだろう。肌が露わになった側頭部に太い青筋を立て、モグモグと顔全体で噛みながら黙々と料理を食べる。二口ほど食べると目の前の皿を取り上げて息子を挟んで座っている妻に手渡す。そして隣の息子の前から料理をスライドさせ再び青筋を立て始めるのだった。父親のペースに息子も妻も文句を言わない。炒飯も野菜スープもそれぞれの皿に添えられた一本のレンゲを使って食べていた。料理が何回転かすると、妻はサイクルから離脱し楊枝を使い始める。皿に残った僅かな料理は父親と息子が綺麗に平らげた。父親はコップの水をグイッと飲み干すと

「兄ちゃん、なんぼや」

と夏生を見る。

三人の会計は三千円を超えていた。一人平均千円ほどだから天国飯店としてはリッチな客に属する。しかし、おっちゃんは

「あの親子は面倒くさいものばっか頼むんや」

と三人が店を出ていった後に話した。三人が食べたうち、特製酢豚やワンタン、エビの唐揚げは具材が常時仕込まれていない。特におっちゃんはエビの唐揚げを嫌がった。エビの唐揚げはメニューになかったが、一度頼まれて出してからは「できない」と言えな

くなったらしい。具材のむきエビは他の料理にも使うので用意はされてはいるが、水分をよく切ってやることや、溶いた小麦粉に生姜をすりおろすことなど他の料理よりも手間がかかった。他の客が次々に入ってこようものなら三人親子のために待たせる客を作ることになる。

「中華は速いことが大事なんや。速いと美味く感じるんや」

おっちゃんは時々難しいことを言う。

「あの親子は月に一度か二度、日曜日に来よる。その度に、わしゃぁ。エビの唐揚げが来よったと思うんや」

面倒くさいと言いながらも、おっちゃんの顔は優しい。夏生は小学校に上がる前に、親子で町の食堂に行ったことを思い出した。親子での外食は年に一度か二度しかなかったが、その時はビフテキを食べたのだった。おそらく生まれて初めてのビフテキだったに違いない。最後の一切れを飲み込まず、帰り路に噛みながら歩いたことを親に笑われたのだった。三人の親子の客に、夏生はまた会いたいと思った。

三人が出ていくと客足が途切れた。食器を洗い終わると、おっちゃんと何も話さずに入り口だけを見ている。時間はゆっくり経っていく。と、北側の入り口に人影だ。

「焼き豚とビール」

暖簾をくぐりながらその男は言った。注文しながら入ってくる客は初めてだ。ハッとして客を見ると松ちゃんだった。隣の十六夜で背を丸めてビールを飲んでいた松ちゃんだった。

「焼き豚」低く復唱しておっちゃんは叉焼を切りにかかった。夏生はビールの栓を抜き、松ちゃんに出す。焼き豚が仕上がったので「どうぞ」と松ちゃんに出すが、松ちゃんはニコリともせず料理の皿を片手で受け取った。

松ちゃんはやや厚めに切った叉焼にマヨネーズの付いた千切りキャベツをのせる。そしてもう一枚の叉焼をその上に被せてキャベツをサンドすると、アグリと噛み付いた。食い千切った叉焼からはキャベツが幾筋かはみ出している。三、四度グニャグニャと、松ちゃんは叉焼を噛む。時々キャベツを噛む音もする。そして、皿に下ろさずに箸で持ったままの残りの叉焼を大口を開けて押し込んだ。サンドされたキャベツがはみ出て、松ちゃんの口角にはマヨネーズが付く。そして、ビールをンガッと呷ると、コップにはマヨネーズでできた松ちゃんの唇跡が残った。豪快な食べ方だ。猫背でビールを飲んでいた暗いイメージが薄らいだ。皿の上に盛られた叉焼は五枚。松ちゃんは三枚目と四枚目も同じようにキャベツサンドにしてグニャグニャ食べた。手酌のビールをグイッと呷ると鼻の下の髭に付いた泡を手首で拭い、まだ叉焼が一枚とキャベツが残っている皿を突き出した。

「マヨネーズ」

なるほど、皿の上に残ったキャベツにはマヨネーズがかかっていない。夏生は給水器の横に置いてある業務用のマヨネーズを取り、松ちゃんのキャベツの上でグッと絞った。親指大のマヨネーズがキャベツに落ちると、松ちゃんはスッと皿を引く。アッと思った時には、容器口から垂れ下がっていたマヨネーズがペタリと赤いカウンターに落ちた。松ちゃんは全く表情を変えない。

マヨネーズがのったキャベツを叉焼にのせると、松ちゃんは素手で叉焼を折り曲げ、柏餅のようにして一気に頬張った。グニャグニャと叉焼を噛みながら、瓶に残ったビールをコップに注ぐ。そしてモグモグと顎を動かしながらもコップのビールをグウッと飲んだ。ゴクンとビールと叉焼が松ちゃんの喉を通過する音が聞こえる。松ちゃんはグワッとげっぷを出すと、

「なんぼや」

四

と立ち上がって千円札をカウンターに放った。「おおきに。八百五十円になります」と夏生は釣銭を渡した。美味かったとも、不味かったとも言わず、松ちゃんはクルリと背を見せて店を出ていった。何の仕事をしているのか、箸を持つ松ちゃんの指はひどく節くれ立っていた。

「今日は昼間に来よったさかいに、夜は十六夜に行かんなぁ。いっつも昼に来てくれればえええんやがなぁ」

松ちゃんが出ていってから、おっちゃんが呟いた。

松ちゃんと入れ替わるように西側の入り口から赤いものが入ってきた。「いらっしゃい」と言いながら夏生は給水器に向かう。

「何しましょう」

冷水の入ったコップをカウンターにおいて客を見た。

わかば荘の若い男だった。

サテンの赤いシャツは第三ボタンまでが外され、白い胸元が見えている。太い眉の下にあるギョロ目が夏生を睨んだ。

「餃子二人前。お持ち帰りや」

男は粋がって言い放った。

お持ち帰りだとう？

自分が持って帰るなら「餃子二人前、持ち帰り」だろ。夏生は鼻で笑いそうになったが
「餃子二人前、持ち帰り」

と叫んで餃子鍋に向かった。背中から「餃子二人前、お持ち帰り」とおっちゃんの低い復唱が聞こえた。

夏生は出来上がった餃子をケースに詰め、男に手渡した。男はズボンのポケットから皺くちゃの千円札を掴み出すと、ピンッとしごいて夏生に差し出した。

今日は千円札か。しかも裸のままポケットに突っ込んでくるとは。さては、金欠病か。

夏生は釣銭をレジのドロワーから取り出しながら思う。餃子二人前にケース代を入れて二百五十円。男は釣りの七百五十円を右手で握りつぶしてポケットにねじ込んだ。

「おおきに、どうも」

珍しくおっちゃんと夏生の声が重なった。

西側の入り口から男は出ていく。男を見送って「あいつの前歯は全部入れ歯やで」と

おっちゃんは薄ら笑いを浮かべて言った。

入り口の横には一間幅のガラス窓が設えられていて、外側にはアルミ製の格子がスリットのように付けられている。その格子と格子の間に歩く男の横顔が見えたり消えたりする。窓の左端に男が消えようとする直前、男はこちらを見た。太い眉のすぐ下にある大きな目が夏生を見た。目が合った瞬間、肩を掴まれるような圧迫感が夏生を押した。

「あいつは組に入った当時、兄貴分に前歯折られてなあ。ほれから何年や。少しは組で働けるようになったんやろ。いつの間にか、前歯が生えとった。真っ白い前歯や」

腕組みをしながらおっちゃんは付け足した。

時刻は午後の二時半を回った。来客はしばらくないだろう。

男が店を出てすぐ、女が入ってきた。女が着ている白いシャツは、前ボタンが右に付いている男もののワイシャツだった。女の体躯には大きすぎるシャツだが、ピンク色のブラが透けて見える。わかば荘二階奥の女だ。

夏生はこれまで二回この女と会っている。今日の女は、この前とは顔が違って見えた。薄い口紅のみの化粧だ。窓から射してくる陽光がボブヘアに反射して、髪が艶やかに見える。女はスツールをまたぎ、カウンターに肘をついた。

「こないだのバイトさんやね。中丼、美味しかったでぇ」

女はふふふっと笑うと、おっちゃんを見た。

「なぁ、おっちゃん、玄ちゃん来えへんかったぁ」

「玄ちゃんて誰や。わしゃ知らんがな」

「色白のガタイのいい男。天満組のギョロ目。玄二っていうの」

「玄ちゃんかどうかは知らんけど、天満の若い衆ならさっき餃子買うて出てったで」

また擦れ違いやと女は指先をいじりながら、はあぁとため息をついた。

夏生は女に注文を取るべきかどうか少し迷ったが、カウンターに冷水の入ったコップを置いた。

「天津飯。ご飯少なめにしてぇ」

女は言う。

「ほんまは彼氏と一緒に昼飯食べるいうふうになっとったんと違うんかい」

おっちゃんが気を遣うが女は応えない。おっちゃんはガスを全開にして天津飯に向かった。

湯気の上がる甘酸っぱい餡のかかった天津飯を頬張りながら「やっぱ、温かいご飯はええなぁ」と女は言う。おっちゃんは一瞬、自分の娘を見るような眼差しになる。

「うちなぁ、自分でご飯よう作らんけど、温かいご飯食べると幸せやなって感じるんよ。ほんでなぁ、うち天津飯、好物やねん。おっちゃんの作る天津飯、甘うてめちゃくちゃ美味しいねんなぁ」

天津飯を美味そうに頬張るこの女も、晒せない過去を持っているのだろう。今度、この女の部屋に出前する時があったらば、それは温かい料理だから、少し早足で届けようと夏生は思った。

食事する女の背筋は真っ直ぐだ。口に運ばれる量はレンゲのつぼ半分くらいで、話をする程度に口を開けて食べている。薄く紅を塗った唇に餡が付かないように、レンゲの柄を上方へ引き上げるように扱い、天津飯をスッと吸い込んでいる。今は陽の当たらない日々を過ごしているのかもしれないが、落ち着いた育ちを通過してきたようにも見える。

「彼氏が来よったで」

おっちゃんの声に女はレンゲを下ろした。

「薫子、何しとんねん。えらい探したでぇほんまに」

西側の入り口から足一本だけを店内に入れて玄二が言った。

「うち、ちゃんと出水のバス停で待っとったでぇ。うちこそ、ずいぶん待ったわぁ」

玄二は眉間に皺を作り、薫子から目を離して店の天井を見た。そして、キッと薫子の方を向くと
「それ食うたら、早う戻ってこい。餃子が固うなってまうわ」

と言い捨てて帰っていった。

千本出水からバスに乗って四条通りに出る。そこで二人で昼食をとって遊ぶ予定だったと薫子は言った。待てど暮らせど玄二は現れない。薫子はバス停近くの本屋で立ち読みして時間をつぶした。時々、外を見遣るが玄二は現れない。

「そんで、うち、腹立って本屋から出たん。お腹空いてたし天津飯食べに来たんよ」

夏生は玄二が差し出した皺くちゃの千円札を思い出した。奴は約束通りにバス停に行きたかったのだろうが、行けなかったのだ。窓越しに見せた刺すような視線は、やり場のない苛つきだったのか。四条通りでの食事が餃子に変わった訳を玄二はどう話すのか。

夏生は玄二の表情を想いながら、彼との距離が少し縮まった気がした。

「あん人なぁ、難儀な人に見えるけど、ええとこもあんねで」

小さくため息をついて薫子は勘定を求めた。天津飯は二百五十円。彼女は鎖でベルトループとつなげた財布から一万円札を抜き出して夏生に渡した。四条通りに行っても、彼女が支払うのかと思いながら釣銭を渡す。

「おっちゃん、おおきに。美味しかったわぁ」

ニコッと笑って薫子はスツールから下りた。そして、

「バイトさん、名前何ていうのぉ」

と夏生を見る。

「無藤です。無藤夏生です」

「ふーん。夏ちゃんかぁ。ひょっとして七月生まれぇ」

「いいえ。五月です」

「ふーん。まあ、ええか。うちは薫子いうん。風薫る五月の薫に子どもの子で、か、お、る、こ、やで。また、出前たのむわぁ。ほな、おっちゃん、おおきに」

カツカツとヒールの音を立てて薫子は出て行った。

「あん子も、時々食べに来よる。男と二人で来たことはないように思うなぁ」

「あの玄二って人と夫婦なんですかね」

「わしゃ知らん。わしが知っとるのは、あの男の前歯が入れ歯やっちゅうことだけや」

おっちゃんはコツコツと自分の前歯を爪で叩いてみせた。

五

奥村玄二は父親の顔を知らない。玄二の母親は女手一つで彼を育ててきた。近所に住む李さんが営む廃品回収屋が母親の仕事場だった。母親は幼い玄二を仕事場に連れて行く。仕事場には壊れた洗濯機やテレビ、くず鉄やガラス製の廃品も持ち込まれていて、幼い玄二は一日中狭い事務所に閉じ込められて過ごした。

「奥村しゃん、重いで気張って」

横倒しになった洗濯機を運ぶため、李さんが母親に声をかける。

「はいぃ。軍手してるで、大丈夫ですぅ」

洗濯機の角に手をかけた母親は、もんぺをはいた膝を折ってしゃがんでいる。

「せぇの、ほりゃっ」

李さんの掛け声で、母親は膝を伸ばす。立ち上がった母親のもんぺは膝の辺りが丸く出っ張っている。二人の働く姿を、玄二は事務所の窓から毎日飽きずに眺めていた。

事務所で一人大人しくしている玄二に李さんは時々菓子を与えた。

「ぼん、丸い目してはるなあ。お菓子食べや」

「おおきにぃ」

何日も洗っていない玄二の顔は粉を吹いたように薄汚れていたが、小さな黄色い歯を見せて笑う玄二の頬を李さんは撫でた。

玄二が小学校にあがってからも母親は李さんの廃品回収屋で働き続けた。高度経済成長は豊かさと一緒に家庭では始末できない廃棄物をもたらした。それらが李さんと玄二母子の生活を支えている。李さんの商売は軌道に乗り、廃品を集めるために小型のトラックを購入した。母親はトラックの助手席に乗り、依頼を受けた家に廃品を取りに行く。晴れの日は麦わら帽子を被り、雨の日はゴム合羽を着込んで二人は働き詰めた。休む暇もない仕事に、母親が夜遅くまで帰らない日が少しずつ増えていった。加えて、息の合った仕事は雇い人と雇われ人という二人の関係を次第に薄めていった。

「玄ちゃん、今日、お母ちゃん仕事で遅うなるさかいな。隣のおばちゃんとこで晩ご飯食べてな。おばちゃんには頼んであるさかいな」

こう母親に言われた日は、小学校から直接隣の家に「ただいま」と入っていった。隣には玄二より二つ年上の男の子と四つ年上の女の子がいて、玄二と兄弟のように過ごしてくれた。夜の九時を回る頃母親が迎えにやって来る。玄二は心底安堵して母親の汗と油の入り混じったもんぺにしがみ付いた。

母親が現れないと、二人の「姉兄」と一緒に布団に入った。

「玄ちゃん、今日の晩ご飯、ライスカレーやったなぁ。玄ちゃんがうちとこ来ると、いっつもご馳走やねん。玄ちゃん来てくれはると、うち嬉しいわぁ」

四つ年上の「姉」は枕の上で涙を浮かべている玄二をなぐさめた。

玄二は小学四年生になった。隣の家で夜を過ごす時ほど寂しさを感じる時はなかった。

下唇を噛む玄二に母親は言った。

「わかったで。ほな、玄ちゃん一人で留守番できるんやな。晩ご飯は、朝の残り物で冷たいけど、我慢できるな」

玄二は母親の念押し一つひとつに、こくんこくんと頷いた。

「もしも、お腹痛うなったら、一人で李さんとこ来れるな」

玄二は大きな目を母親に向け「うん」と返事した。

母親の遅い帰りは週に一度から二度へと増えていく。朝の味噌汁を自分で温めて玄二は一人で冷たい飯を頬ばる。借家の入り口がガタンと開いた。茶碗を置いて立ち上がる。入り口に跳んでいくが、そこにいるのは隣のおばさんだった。

「玄ちゃん、ご飯ちゃんと食べたか。おばちゃんとこ来てもええねで」

「大丈夫やで、おばちゃん。俺、一人でもちゃんと待ってられるしなぁ」

ぎりぎりの嘘だった。

夏になった。耳元に蚊の羽音が聞こえる。体をくねらせて視界に入った蚊をパチンと手を打ってつぶす。テレビは点いているが、自分の掌の音が大きく聞こえる。その音を聞いたのは自分だけだと思うと、玄二は逃げ出したくなる。「お母ちゃんのとこへ行こう。腹が痛うなってんと言えばいいやんけ」玄二はそう思うが早いか家から跳び出した。李さんの廃品回収場へ走った。

事務所に着いた。灯りが点いていない。事務所と一つ屋根の下にある李さん宅の窓も暗い。

「お母ちゃん。……お母ちゃあん」

事務所の入り口に向かって、李さんの家の窓に向かって、玄二は母親を呼んだ。返事はない。灯りも点かない。

「お母ちゃん、どこ行ったん。お母ちゃん、出てきてぇや」

涙が流れた。

「お母ちゃんはどこ行ったんや。腹痛うなったら来いと言うてはったのに、何でいてへんね」

玄二は事務所に背を向けて歩き出した。家並みの窓から漏れる灯りでぼんやり光る路面を見ながら歩いた。指の間にゴム草履の鼻緒が食い込んで痛んだ。

家に着くと、一人で遅い晩飯を食った。冷や飯に冷めた味噌汁をかけて飲み込む。胡瓜の漬物を噛む。その音が全て玄二の耳に入ってくる。「何で、お母ちゃんも李さんもいてへんね」母親といられない寂しさは苛立ちに変わり、小さな怒りになっては消えた。翌朝は母親の「ごめんなぁ」から始まる。昨夜は李さんに誘われて食事に行ったということだった。仕事を世話してもらっている身だから、誘いを断れないという。

帰りが遅い日はその後も続いた。母親の弁解はいつも同じだった。それだから玄二は母親が嘘をついているとは思わない。けれども、母親の帰りを信じて、一人冷や飯を食らって待っている自分に惨めさを感じた。

中学生になった玄二は、夕方に母親がいようがいまいが、ふらりと街に出るようになった。

金はない。俺は、喧嘩は強うない。プロレスやキックボクシングの本でも読むか。店員に声をかけられるまで本屋で立ち読みした。店を出されるとバス停のベンチに腰かけて行き交う人たちを見ていた。

学校へ出がけに母親が言う。

「玄ちゃん、今日も遅いでな。二百円おいとくで何ぞ買うて食べなさい」

チラッと振り返って「おお」と低く返事する。もう慣れっこや。お母ちゃんがおってもおれへんでも、どっちでもええわい。玄二は捨て鉢になっていた。その態度は自分の正直な思いの裏返しであることを玄二は自分自身で知っていた。どうしようもできなかった。

その夜、玄二は大通りのラーメン屋に行き、その足で本屋に入った。その日は柔道の本を立ち読みした。大きな相手の懐に潜り込みながら足を掛けて倒す変形小内刈りという技が気に入った。少し気持ちが昂って玄二は本屋を出る。午後九時だというのに大通りは行き交う人たちで混んでいた。

「あれっ」

玄二は車道を挟んだ向こう側の歩道に仕事着ではない母親を見つけた。

「あん人、誰や」

母親の肩に腕を回して歩いている男がいる。酒に酔っているのか、男は母親に寄り掛かったり転びそうになったりして、どうにか歩いている。

男が母親に抱き付いた。

「ああん、ちょっと、やめてくださいなぁ」

母親の愛想笑いの声に、玄二は跳び出していた。通りを横切り、男の前に立った。

「このやろう」

右拳を男の鼻にぶち当てた。

ベチッ。グオッ。拳が男の鼻に食い込む鈍い音と、不意の殴打に息を詰める声が聞こえた。

男は二、三歩後退して腰からつぶれた。鼻を押さえ「うがっ」とうなっている。母親は男に覆い被さってから、首を回した。男を殴った少年は拳を握って肩で息をしている。

「玄二……。玄ちゃん、何で、あんたがここにおるんえぇ」

母親は混乱しかけたが、唾を飲み込んで息子を問い詰めた。

「玄ちゃん、あんたぁ、何すんのや」

玄二には、母親の声ではなく男を庇う女の声に聞こえた。

「あんた、この人、李さんやで。この人おらへんかったら、うちらご飯食べられへんかったかもしれへんのやで。この、恩知らず」

母親も肩で息をした。

「こいつのおかげでお母ちゃん遅うまで帰れんかったや。やっぱ、そうやったんか。俺のお母ちゃん取りやがって。このクソ親爺」

玄二は目を剝いて右足を振り抜いた。玄二のつま先は、とっさに李さんに体を重ねた母親の脇腹に食い込んだ。つま先にグニャリとした感触を残したまま玄二は背を向けて歩き出した。

その翌日から三日間、母親は立ち上がれなかった。便所には這って向かった。隣のおばさんが食事の世話に来てくれたが、玄二は二人の前に現れなかった。


玄二は中学の卒業式が終わると、その足で天満組事務所に向かった。組関係者に知り合いなどいない。これまで生まれや親の生業などから謂われなき差別も受けてきた。しかし、そんな理不尽さに牙をむくために組員になろうとしているのではない。

我慢ができないのだ。母親を男に取られたこと、母親も自分より男の方に気持ちを向けていたこと、結果として母親との溝を埋めるどころか深めてしまっていることに対して、心を整えて自分自身を収めることができないでいるのだ。玄二は拗ねていた。惨めさをひっくり返したかった。

「組に入れてほしいんや」

中学校の制服姿のまま事務所にやって来た玄二を、詰めていた組員は無視した。事務所には、入口に背を向け、ソファに体を沈めて新聞を読んでいるアフロヘアの男が一人。玄二はアフロから目を逸らさず、繰り返す。

「俺はヤクザになりたいんや」

アフロは黙って新聞を読んでいる。

「お願いや。俺を組に入れてくれ」

アフロはバサリと新聞を床に落とす。煙草をくわえると、チンッと澄んだ音を立ててライターを点火した。

「何とか言うてくれや。俺は覚悟決めて来てるんやぞ」

フーッと音を立ててアフロは紫煙を吐いた。ゆっくり立ち上がると、振り返って玄二を見た。

「覚悟て、何や」

玄二はアフロの上三白眼に硬直した。阿呆、ビビるな。玄二は足の裏に力を入れて、大きく肩で息をした。

「言うてみい。覚悟て何や」

アフロがじりじりと詰めてきた。玄二の前に蹲踞《そんきょ》すると、含んだ煙を玄二の顔に向けて吐いた。玄二は息を止める。蒸せたら笑い者や。腹に力を入れて応えた。

「覚悟かあ。覚悟っちゅうのはな、……死ぬことや」

アフロはふんと鼻で笑う。

「ほな、死んでもらおか。ええんやな、坊主」

本当に殺す訳がない。玄二はアフロから目を離さずに絞り出した。

「やっ、やってみんかい」

アフロは目を逸らさない。そのまま玄二の右手をカッと握ると、くわえていた煙草を玄二の手の甲に押し付けた。

玄二は思わず手を引いた。引いたがアフロはより強く握り返してきた。熱さが痛さに変わる。玄二はアフロを睨み返す。こ、殺しやがれ、このやろう。

アフロは立ち上がって、中に入れと玄二に言う。メモ紙に名前と住所を書かせてから、事務所奥の洗面所で手の甲を冷やせと促した。

「奥村玄二か。よし。頭にお願いしたる。明日、また来い」

手の甲を押さえる玄二にアフロは言った。そしてアロエ軟膏の瓶を取り出すと、指で一掻きして、玄二の手の甲になすり付けた。

天満組若頭の坂本はアフロの申し入れをすんなり受け入れた。

「ほうか。何ぞ使えるように、岸下、お前が面倒見ぃ。ケツ割るようやったら、どこぞでも遣れ」

組員となるためには普通、事務所での住み込みからスタートする。しかし天満組はそのシステムを採っていなかった。中堅クラスを輪番で事務所に泊まらせる。組長の方針だった。玄二は事務所近くの古いアパートの一室をあてがわれ、毎朝そこから誰よりも早く事務所に行き、泊りの兄貴分と交代するのである。

翌日、玄二は事務所に行った。アフロはもう一人の組員と話し込んでいたが、玄二の顔を見ると立ち上がった。もう一人はソファに深く埋まっている。背もたれの上にスキンヘッドが見える。

「頭は、ええやろう言わはった。当分は事務所詰めや」

アフロは玄二から目を逸らさない。

「こいつは奥村いうんや。俺に面倒見るよう頭が言わはった」

アフロは振り向かずに後ろのスキンヘッドに言う。

「ほな、行こか」

アフロは靴を履いて玄二を見下ろした。長身の三白眼は玄二からドアノブに視線を移し再び玄二を見た。玄二は「うっ」と気付いてドアノブを握った。

「お前みたいな駆け出しは、普通、事務所に住み込むんやけどな。俺らの組はそうしとらん。お前はアパートに住んで、毎日朝一番に事務所へ行くんや」

玄二は事の成り行きの速さに戸惑った。アフロは事務所から十歩ほどで立ち止まり、木造のアパートを見た。

「ここや」

通りに面したアパートの壁には、わかば荘とペンキで書かれた板が打ち付けられている。アフロは玄二に鍵を渡し部屋を見て来いと言う。玄二は鉄製の階段をカンカンと駆け上がり、共同廊下に立った。下からアフロの声が聞こえた。

「奥村、どん突きの部屋や。分かったらすぐに事務所行け。今から事務所詰めや」

いきなり事務所詰めなど務まるのか。不安を蹴散らそうと玄二は一つ大きく息をした。

「ようし。やったる」

玄二は鍵を握りしめ、階段を下りる。アフロの姿はもう見えなかった。裸一貫で出立や。玄二は清々しささすら感じていた。

事務所での時間はほぼ掃除に費やされた。これまで掃除らしい掃除をしてこなかった玄二は正直迷った。何から手を付ければよいのか分からなかった。加えて、事務所は掃除の必要があるのかと思うほど整っている。水回りや便所など、下手に使えないほど美しい。無言の圧力だ。

「おおっ、奥村、掃除はな、奥から上から、やぞ」自分と入れ替わりに事務所を出て行くスキンヘッドが言っていた。

洗面所の床に水がこぼれていたり、トイレットペーパーの残量が少なかったりするだけで兄貴分から殴られ、蹴られた。煙草の吸殻が二本溜まれば「失礼します」と灰皿を取り換える。テーブルや床に落ちている灰も布巾や雑巾で拭き取る。兄貴分の足下に落ちている灰を拭き取る時は、人一人分離れて腕を伸ばした。「あなたは灰を落としてます」というメッセージを態度で表すことはできない。

　事務所詰めが一か月を超えた。

　玄二は便所掃除をしていた。どこの掃除よりも神経を使う。

「玄の字、励んどるか」

　四つん這いで床に雑巾をかけていた玄二は、起ち上がってアフロを迎えた。

「何方に使うてもろうても恥かかへんか」

「はい」

「ほうかぁ。ほんなら舐めてみい」

「何をですか」

「何をですかやない。お前が綺麗にしたやつや」

　玄二は俯いた。冗談か、本気か。アフロの意図が分からなかった。ほんの数秒が長く感じる。伏せていた目をアフロに向けた。

「何を眼付けとるんや」

　アフロの拳が玄二の鳩尾に食い込んだ。玄二は「むっ」と堪えたが、膝を折り両手を床についた。息が止まる。ゆっくり呼吸を繰り返し振り絞った。

「な、なんで……」

言いかけた時、アフロの履いたスリッパのつま先が、玄二の口に突き刺さった。

ギシッと口の中が鳴った。舌を動かすとあるはずのない場所に歯がある。歯茎がぬるっとして鉄臭い血の味がした。呻きながら口を押さえる。そして、フッと吐き出した。前歯が四本折れていた。玄二からはアフロのスリッパが見える。右足のつま先が唾液と血液で光っていた。

玄二は便器を見た。俺が磨いたんや。両手をついたまま肩を便器に寄せ、白い陶器の上に唇を這わせた。鮮血が唾液に交じって陶器の上を滑って落ちた。

アフロは蹲踞して上三白眼を向けた。

「玄の字、飯食いに行くぞ。何方が使われても恥ずかしゅうない便器になったら来い。その前に、ワイのつま先や」

玄二はアフロのつま先に左手を添えると、雑巾を当てがった。

自分の血の付いた雑巾を捨て、玄二は便所から出た。事務所ではアフロともう一人が新聞を読んでいる。

「終わひまひた」

ヒューヒューと空気が漏れる玄二の声にアフロは立ち上がる。「行くで」と玄二を促した。

昼が晴れ上がり前歯があった位置から空気が漏れて当たり前に発音できない。玄二はもう一人の事務所詰めに頭を下げてアフロに従った。わかば荘を通り過ぎ、二人は天国飯店に入る。

「貸し切りやな。マスター、ビールや」

天満組の者が来店するのは午後の仕込みの時間帯と決まっていた。おっちゃんは、アフロにビールを出し、玄二の前に冷水の入ったコップを置いた。「何しましょう」の声に玄二はなかなか応じられなかった。おっちゃんはどうしたものかとカウンターのダスターをたたみ直す。アフロはコップのビールを飲み干すと、焦点の定まらない目付きで呟いた。

「店に世話かけるな」

玄二は肩をすぼめて小声で注文した。

「ヒェンヒンヒャン」

天津飯の甘酢は前歯を失った歯茎に浸みた。それでも、少しずつ少しずつ玄二は天津飯を食べ続ける。上の前歯がないのですくった天津飯がレンゲのつぼに残ってしまう。

「玄の字、そろそろ辞めとうなったやろ」

アフロの冷たい声に、「いえ」と低く応じる。

「ふんっ、自分は俺より阿呆かもしれんなあ」

おっちゃんは、仕込みの振りをしている。アフロはドクドクとコップにビールを注いだ。

事務所詰めが二か月を越す頃、玄二は組の息が掛かったカラオケバーでボーイをするよう命じられた。

「いてるの」と中に声をかけて薫子が入ってきた。玄二は餃子を置いた円いちゃぶ台を前にして胡坐をかいている。

「負けたんか」

「何も言わんと、早よ座れ」

「負けたんやね。ボートやったん」

「聞くなて」

「ちゃんと話してくれんと、うち、納得できへんわ」

「競輪。自転車や」

玄二は煙草をくわえると、大きく吸い込んで天井に向けて煙を吐いた。

「くそう。最終二番目のレースで昨日からの稼ぎがパアや」

「そんで、四条が餃子になったんやね」

玄二はフッと自分を笑うと、パックに並んだ二列の餃子に酢醤油をかけた。

「阿呆。ほんまにあんた阿呆やわ。せやけど、うち、四条でのご飯より餃子の方でよかってん」

玄二は割り箸を割って薫子に持たせた。そして、餃子が入った箱をグッと薫子の方へ押しやった。

「俺の、驕りやで。早う帰ってけえへんで、ちょい冷とうなったけどな」

薫子は冷めかけた餃子を頬張る。皮は冷めたかったが、餡にはまだ温度が残っていた。伏し目がちに餃子を噛む薫子を玄二は満足気に見ているようだ。こん人、懐具合は寒うても心の芯の方は温かなんや。ほんま、この餃子みたいやな。薫子は思う。餡に入った白菜を噛むとキシッと鳴った。

わかば荘二階奥の部屋は六畳一間に小さな洗面所だけがついていた。ベッドを置くには狭すぎて、毎日布団を敷いて寝ている。二人分の布団は三つ折りにして重ねられ、部屋の隅っこに寄せられている。この部屋には押し入れがない。古い畳敷きの中央に円形のちゃぶ台を置いて何とか格好を付けていた。

通りに面した壁には一間幅の窓がついていて西日が入る。天井が低いので、窓辺に足を崩すと窓枠は肘をつける高さだ。薫子は夕方に窓を開け、窓枠に身を乗り出して街道の家並みや遠くの山々を見ることが好きだった。

その窓枠の右側には画用紙八つ切り大の額が掛かっている。額の中身は薫子の写真。昨年のカラオケ大会で優勝した時の記念写真で、白いタイトドレスの薫子は王様のような冠とガウンを着け自分の背丈の半分ほどのトロフィーを抱えている。

「俺も食うていいかぁ」

「ええよ。食べさしたげる」

薫子は口を半開きにして、玄二の口の中に箸で餃子を運んでやる。瞬間、玄二は割り箸ごと餃子を噛んだ。箸を引くが玄二は力を緩めない。

「あんた、何してんの。お箸まで食うたらあかんやん。ほんまに阿呆やなぁ」

箸をくわえたまま玄二は白い前歯を見せて笑った。薫子も声を立てて笑った。

あと二時間ほどで二人は店に出る。玄二がボーイを務めるカラオケバー葵だ。「すぐ戻る」と出て行く玄二が鏡台の鏡に映る。その背中を見ながら薫子は化粧を始めた。「姉ちゃん、餃子食うたやろう」と言われたら、その客とは口を利かなければいい。酔いに任せて絡んでくる客には慣れようがない。化粧をしながら薫子は玄二との出会いを思い出していた。


薫子は玄二に少し遅れて店に雇われた。ボックス席での接客が仕事だが、カラオケ好きの常連から乞われ、流行の歌をよく歌った。店は薫子人気で繁盛し、薫子目当てで来店する客たちも増えた。

薫子が店に出だした頃の玄二は誰とも話さなかった。挨拶も小さな会釈のみだった。接客時は客の注文に頷くことがほとんどで、客との会話はなかった。新しい客には愛想の悪いボーイに見えるが、クルクルと栗鼠のように動いてどの客をも待たせることはなかった。酔った客が暴れると、瞬き無しのギョロ目で威圧し店外に連れ出す。無言の動作は酔客に不気味さを与えていた。玄二は誰にも笑顔一つ見せなかったが、店にとって外せないボーイになっていった。

　薫子は玄二に近付いては声をかける。玄二は仕事中だとばかりに肩透かしを食らわせて店内を動くか、黙って下を向くかのどちらかだった。

「玄ちゃん、うち、連絡先教えてほしいねんけど」

　薫子が詰め寄る。玄二は床に視線を落とし、背を向けた。淋しい横顔だ。この人が放つ哀しさを受け入れる、薫子は自分の心内を見た。何かしてあげたい。玄二の哀しい顔を見る度に、薫子の胸は焦げ付いて縮んだ。

　週末の夜だった。日付が変わり、店内には太った男性客が一人ボックス席で飲んでいる。かなり酒が回った客は、接待している薫子にすり寄って覆い被さるよう抱き付いた。

「ちょっとぉ、お客さん。苦しいわぁ」

　酔客は構わず薫子をソファに押し倒す。

「お客さん、あかんて。それは、堪忍えぇ」

　薫子の悲鳴に店内の空気が止まる。酔客の手がチャイナドレスのスリットにかかった時、玄二は酔客の奥襟を掴んでいた。

「こひゃあ、離へんかひぃ」

酔客の体を薫子から引き離そうと玄二は腕に力を込めた。奥襟を引っ張られた酔客は息を詰め、ぐえっと声を上げる。薫子は酔客越しに玄二の顔を見た。逆光が作る玄二のシルエットの中に大きな目があった。酔客は上体を起こし、両腕を回して玄二の腕を掴み返した。玄二が酔客を引き上げる。薫子は自分の腹の上に感じる酔客の体重と体温が遠のいていくのを感じた。玄二は酔客を引きずり降ろそうと奥歯を噛んで力を入れる。上体を揺すぶって抵抗する酔客。玄二は更に力を入れようと歯を噛みしめる。唇がめくれあがった。酔客は玄二の腕を掴んだまま床に倒れ、さらに店外に引きずり出された。

「玄ちゃん、おおきにえぇ」ママはそう言いながら外の酔客を見に行った。

ボックス席のソファに座り直した薫子は胸に手を当てている。玄二が酔客を引き離した数秒間がコマ送りで蘇る。前歯がなかった。玄ちゃんが酔った客を引き離そうと力を入れた時、見えた。上の前歯が全部なかった。ずっと隠していたのか。見られたくないから、あの人は話をしないのか。薫子は話さぬ玄二に自分の解釈を重ねた。

月曜日、薫子は玄二に宛てた手紙をもって店に出た。土、日曜日と自分の気持ちを言葉にしようと便箋に向かった。二日間かけたが、書き上げた手紙は二文だった。


玄ちゃん、金曜日はありがとう。

私は玄ちゃんに、にこっと笑ってほしいです。


封筒表に玄二様、裏には小さな文字で薫子と記した。折った便箋と一緒に一万円札を十枚、封筒に入れて封をした。

薫子は玄二が素直に手紙を受け取るかどうか心配だった。たった二文で真意が伝わるかどうかも不安だった。突き返されたら、きちんと話そうか。おそらく聞いてくれそうにはない。そうなったら、店を辞めようか。迷ったが手紙は店のママから手渡してもらえるよう頼むことにした。

それから玄二は何もなかったかのように出勤し、栗鼠のように働いた。そして、時々鬼神となって酔客に向かった。薫子に対しても玄二の態度は変わらない。「読んでくれたん」何度も出かかった言葉を薫子は呑み込んだ。

三週間たった土曜日。

最後のグループ客が店を出る。財布の紐が緩かったか、ボックスのテーブルには飲みかけの水割りグラスや食べ残されたフルーツ皿やらが散乱している。ママや薫子は客を見送りに外へ出た。玄二は一人、テーブルの上を片付ける。銀のお盆にグラスをのせ、カウンター裏へ運んだ。残った食器を片付けにテーブルに戻る。乾き物やフルーツ皿をお盆にのせるとテーブルには何も残らない。お盆をテーブル隅に寄せ、ダスターで汚れを拭き取り始めた。視界に赤いチャイナドレスが入る。薫子が屈んでお盆を持つところだった。

「玄ちゃんの働きっぷり、うち、カッコええって思う」

お盆をカウンターに置くと、薫子はダスターを持ってボックス席に戻ってきた。

「うちも一緒に拭くさかいな」

ニコリと玄二を見る薫子に、玄二が言った。

「おおきにな」

玄二は下を向かずに笑った。白い前歯が見えた。

六

西山の代打で入った日曜アルバイトが終わった。

帰り道、夏生は一日を想う。わかば荘の女の名前が薫子であることや、「餃子お持ち帰り」の玄二が彼女と一緒に住んでいること。同世代の若者が自分の知らない世界で、しっかり生きている。彼らへの好奇心は、彼らの私生活を覗き見したい悪趣味に変化しそうになり、慌てて頭を振った。

街道から路地に入り、お地蔵様を通り過ぎる。部屋に続く鉄製階段の上り口には新聞受けがあり、朝まで数日分の新聞がねじ込まれていた西山の箱が空っぽになっていた。帰ってきたのか。カンカンと階段を上り切ると、果たして西山の部屋の開き戸から灯りが漏れていた。

夏生は自分の部屋には寄らず、西山の部屋をノックした。西山の「どうぞぅ」を聞いてドアノブを回す。

「おう、無藤君。長うなって悪かったなぁ。入りや」

夏生を迎え入れた西山は「いろいろ、おおきになぁ」を繰り返しながら、散らかった部屋の整頓を続けている。思い出したように冷蔵庫から赤福餅を取り出して夏生に勧めた。

「伊勢言うたら赤福やろ」

川の流れのような筋が入った漉し餡で包まれた餅を二切れ、皿にのせて夏生に手渡した。

「赤福餅、初めて食べますわぁ。漉し餡が好きなんです」

「そうかぁ。よかったなぁ」

と言いながら西山は部屋の整頓を再開する。部屋の中は三重へ帰る前のままで、畳の上には本やらノートやら、雑誌の切り抜きや衣服が散乱している。

西山は疲れた表情をしていた。夏生はしばらく話しかけず本棚に視線を滑らせる。きっちり詰まった棚の中に吉本隆明が何冊も並んでいた。

「吉本、たくさんありますね」

「おう。来年、吉本隆明で卒論やろうと思うてんねん。みんなニーチェやらハイデッガーやら取り上げる言うてる。けど、吉本の場合、原典が日本語やしな」

「『共同幻想論』途中でギブアップ中です」

「おう。『共同幻想論』なら三回読んだで。せやけど、正直なところまだボンヤリやな」

西山の苦笑に夏生は少し安心した。夏生はまた本棚に目を移す。吉本隆明の横には三浦つとむ、滝村隆一ら在野の思想家たちが並んでいる。

西山は夏生に応じるようにしばらく本棚を眺めていたが、「ああ、疲れた」と畳の上の散乱物をブルドーザーのように部屋の隅に押しやった。そして「よいっ」と立ち上がると冷蔵庫の扉を開け瓶ビールを抜き出した。二つのコップに注ぐと「赤福には合わへんかもなぁ」と笑いながら片方のコップを夏生に手渡した。コップの中の液体は部屋の蛍光灯にキラキラと光った。

西山は立ったままコップをグーッと呷る。ふうっと息を吐いて手の甲で唇を拭うと腰を下ろして話し始めた。

「お袋は退院できた。まあ、一安心や。向こうに帰った日にお袋の職場に挨拶に行ってん。高齢者を夕方まで預かってお世話する民間の老人ホームやねんけどな。ちょうど三時のおやつの時間でな。ホームの人からおやつの介助を頼まれてん。いきなりやで。自分は年寄りのお世話したことあるかぁ？」

赤福餅を頬張りながら夏生は「いいえ」と答える。

西山が介助を頼まれた老人は車椅子に座った男性だった。両耳の後ろから後頭部下半分にかけて白い頭髪がわずかに残り、骨ばった顎を筋が浮き出た細い首が支えていた。骨や筋肉が太い筋になって浮き出た首を見て、西山は小学校の理科室にあった人体模型を思い出したという。

「おやつ言うてもな、オレンジジュースやねん。どう介助すると思う?」

「うーん、コップをおじいさんの口元に持っていって飲ませてあげるんですかね。いや、ストローを使えばもっと楽じゃないかな」

「まあ、そう思うわな。そのおじいさんな、ジュース飲むんと違うんやでぇ。食べるんや」

口を半開きにした夏生に西山は微笑んで続けた。液体が気管に入らないようにジュースをゲル状にするという。ゲル化剤を入れたオレンジジュースはドロリとしたジェルになる。それをスプーンにのせて口元に運ぶのだと、西山はスプーンを持っているかのようなジェスチャーを付けて話した。

「ところがな、そのおじいさん俺がすくったジェルを食うてくれへんねん」

スプーンにプルプル揺れるオレンジ色のジェルをのせて、おじいさんの口元に運ぶ。

おじいさんは唇を結んで受け入れない。量が多すぎるのかと思い西山は半分にしたジェルを運ぶ。それでもおじいさんは口を開けない。それどころか顔を反らせて受け付けない意思を伝えてくる。

「何でそうなるんか、分からへんね。嫌われたんかと思うたら『代わりましょ』って若い女の人が言うてくれてん」

西山からジェルの入った容器とスプーンを受け取ると、女性はジェルをのせたスプーンをおじいさんの口元に運ぶ。おじいさんは小さく口を開けジュルっとオレンジ色のジェルを吸い込んだ。頷くように頭を動かして飲み込むと次のスプーンを受け入れた。

「やっぱ、じいさんになっても男より女の人がええんかって思うてん」

赤福餅の甘さを味わいながら夏生は「ふふん」と微笑んで話の続きを待った。

「その姉さん『スプーンの横っ腹じゃなくて、先っちょを下唇にのせてあげてくださいね』っていうと俺にスプーンを返してん」

西山はジェルを少量すくうとスプーンの先をおじいさんの下唇にのせた。おじいさんは小さく口を開けジェルを口に入れたという。

「俺らやって、スプーンの真横から食い物を口に入れへんやろ。太宰の『斜陽』で奥様がスープを飲む描写があるけど。あれと一緒や」

夏生も『斜陽』の件を思い出した。「でけへん」思うても、相手になって考えると「できた」に変わることがあるんやなと西山は小さな声で言った。そして、

「ニーチェやハイデッガーより必要なことがあんねんな。あっ、それからそのお姉さん、なかなか別嬪さんやったでぇ」

と笑った。

連休が終わった。

初夏の訪れに、キャンパスを囲む樹々の緑も濃くなったように見える。各々の講義室に向かう学生たちはみな早足になっていて、学び舎の体温を少しずつ上げているようだ。二講目が終わると、キャンパスのベンチや芝生に腰を下ろして談笑する学生たちや昼食の席取りを急ぐ学生たちで、講義中の静寂をひっくり返す喧騒が生まれるのだろう。

夏生は図書館にいた。二講目の講義が休講になっていたからだ。図書館でゆっくり読書して、早目の昼飯をとって三講目に出よう。突然の休講は夏生に余裕を与えた。

三百人ほどの定員を持つ図書館は、夕方から夜にかけての時間帯が最も混んだ。帰宅

前に調べものをする学生たちや夜間部に通う学生たちでほとんどの席が埋まるからだ。閲覧室の机は十メートルほどの長机で、天板を中央で二分する衝立板が設えられていた。だから、向かい合って席に着いても衝立板でお互いの顔が見えない。閲覧室は広いが、席に着くと狭い空間に入ったような感じになる。その長机が何列も並んでいる。

昼間の閲覧室は人気がなく空気が澄んでいた。夏生は誰も使っていない机の中ほどに席を取り、書架から抜き出してきた水上勉『雁の寺』を開く。夏生はすぐにそのジメッとした暗い世界に引き込まれた。主人公の慈念に自分が重なった時、耳元で囁かれた。

「見いつけた」

ハッと振り向くと、サオリが立っている。夏生は胸の中に昇ってくるものをぐっと呑み込んだ。夏生が口を開く前に、サオリは人差し指を縦にして口に当てている。そして、椅子一つ挟んで夏生に並んで座ると、鞄から取り出したルーズリーフに何やら書き始めた。

再び慈念に重なろうとした時、左側に座っているサオリの白い腕が視界に入ってきた。彼女の指先にはアイボリーのルーズリーフが押さえられている。夏生は命ぜられるがままにルーズリーフを引き寄せた。

○サボリなの？
何言ってやがると夏生はカリカリと返事を書いてサオリの方へルーズリーフを滑らせた。
□休講になった。
反応を窺おうとサオリの方を見る。呼応するようにサオリも夏生を見て小首をかしげると再びペンを走らせる。
○話したいことがある。出られる？
ルーズリーフを見た夏生は『雁の寺』を閉じ、ンーッと鼻から息を吐いてサオリを見た。サオリは立ち上がってゆっくり椅子を戻す。そして、夏生が読んでいた本の表紙をチラッと見て肩をすくめると、ペタペタと小さく足音を立てて閲覧室を出ていった。予定は誰かに変更されるものなのだ。夏生は閲覧室を出て階段を下り、図書館の玄関に向かった。サオリは玄関のガラス戸の横に立って外を見ている。デニムのミニスカートにピンクと水色のストライプ柄のブラウス、後ろ髪がまた少し伸びたように見えた。

「どこか、喫茶店に行こう。こじんまりしたところ」

良かろうと夏生は思い、サオリと並んで歩き出した。サオリは連休中、東京に帰省していたことを話した。

「友だちとね、原宿に行ったのよ。そしたら竹の子族がいっぱいいてね、踊ってた。女の子は可愛かったけど、あのヒラヒラ奇抜の衣装を着た鉢巻き少年たちは、どうも好きになれないわ」

夏生は連休中の日差しを思い出した。

「みんな暇なんだね」

「暇なのかもね。でもぅ、やりたいこと実際にやってるのって素敵だね。単純に」

「俺は、ずっとこっちにいたよ。アルバイトも入った。どこにも遊びに行けなかったなあ」

「あれま、お可哀そう。じゃあ、私がどこか連れてってあげようかなぁ」

サオリは本気とも冗談ともとれる口調で言う。夏生は薫子と玄二のことを思った。

人影まばらなキャンパスを出るところで後ろから声をかけられた。

「お二人さん、どこ行かはるの」

二人が振り向くと、今出川と堀川が並んで笑っていた。

「あらぁ、今出川さんったら私たちをつけてきたのね。感じ悪いなぁ」

サオリにキュッと睨まれた今出川は
「やあ、びっくりさせてもうたかな。こりゃ失敬、失敬。でも、ぼくらかて、今そこから曲がって来たとこやねん。なあ、真理子はん」

と弁解しつつもどこか嬉しそうだ。

「時間あるんやったら、どっか近くでお茶でもせえへんかぁ」

相変わらず今出川はマイペースだ。サオリは話したいことがあると伝えてきたのだ。四人になっても構わないのか。いや待てよ、話したい相手は俺でなくてもよいのか。夏生の想い描いた未来がぼやけてきた。

「私たちも、どこかお店に行くところだったんですよ。大きくないところがいいなあ」

やっぱりそうか。俺にだけ向けた話ではなかったのだ。夏生は期待した自分自身を笑った。

今出川と堀川はどこの店にするかしきりに話し合っている。サオリや夏生が割り込む隙間はなかった。

「サオリはん大きゅうないとこがよろしい言うてはるし、このへんやったら、うち、スカイがええわぁ」

六

今出川と堀川との間では堀川の言い分が通ることになっている。

「よっしゃ。ほな、スカイへ行こ。せやけど真理子はん、あんたスカイが好きやな。この前も行ったで。ほんで、今日もスカイですかい」

一瞬の間を挟んで、堀川の甲高い笑い声が弾けた。それを受けて、カッ、カッ、カッと今出川も笑う。サオリは完全無視。夏生は今出川の駄洒落よりも二人の掛け合いに吹き出しそうになったが、深呼吸して堪えた。

喫茶スカイはあと二筋で西大路通りに出る辺りの住宅街にあった。白いアーチ形のドアを囲うように正面の壁は赤レンガタイルが貼られている。「空色の店じゃないなぁ」夏生の想像は外れた。

店に入る。中には四脚の木製テーブル。二人掛けと四人掛けが二脚ずつ、それぞれ壁際に置かれている。四つのテーブルが作る中央の空間にはパキラやモンステラなど背丈が様々な観葉植物が置かれ、対角のテーブルが見えないようになっていた。

四人は出窓の横のテーブルに向かった。窓寄りの席に堀川とサオリが、堀川の隣に今出川、サオリの隣に夏生が腰かけた。「さあ、何する。ぼくはもう決まってんねん」と今出川は忙しい。三人はラミネートされたメニューを見て、今出川に伝える。堀川はアイスレモンティー、サオリはコーラだった。三人に見つめられながら、夏生はやっとの思いでアイスコーヒーに決めた。昼時であったので、四人はサンドイッチとLサイズのピザも頼むことにした。

「雄一さん、あんた何頼むん」

「クリームソーダや。ちょっとやったら、アイスクリンあげてもええでぇ」

「いやぁ、クリームソーダて、あんたいつまで子どもやのん」

今出川はカッ、カッと笑い、「すんませえん」と店員を呼び付けた。

ジュルッとコーラを吸い上げてからサオリが口火を切る。

「今ね、小学生の家庭教師してるんです。その子、三年生なんですけど一桁の足し算がまだできないんです。足し算どころか物の量の大小と数字の大小がなっかなか結び付かなくて、どうしたらいいかなって」

夏生は新歓コンパの帰り道を思い出した。確か、その時はサイコロを使ってみるとサオリは言っていた。上手くいかなかったのだろうか。

「ええっ、サオリはん、それどういうこと」

　堀川がサオリを見つめる。堀川はこの夏に京都や大阪で教員採用試験を受ける。今出川も緑色の液体が入ったグラスをテーブル中ほどに押しやって両肘をついた。

「ビー玉三つを置いて『いち、にぃ、さん』ってその子と一緒に数えます。『三つあるね』って言ってから『三つは数字で3って書くのよ』って数字を書いたカードを見せて、指で数字をなぞらせて『さん』って言うんです」

「一対一対応は押さえているんやね」

と堀川。

「何やねん。一対一対応って」

　今出川の問いかけに堀川が素早く説く。

「ビー玉一個一個に、指さしながら『ひとつ、ふたつ、みっつ』って数えることやん。ビー玉を一個ずつ数えてるんやから、一つのビー玉を二度数えたら一対一対応言わへんの」

　堀川は、ビー玉があるかのように人差し指でテーブルをトン、トン、トンと叩きながら言った。

「さっすが先生なろういう人はちゃうなぁ。一対一対応なんて生まれて初めて聞いたわぁ」

サオリがすかさず話を戻す。

「その次に、ビー玉二個を置いて同じように数えて、数字の2を書いたカードを見せるんです。でさあ、ビー玉三つと二つを並べて『どっちが多いの』って聞くと、その子は三つ並んだビー玉の方を『こっち』って指さすわけ。『カナちゃん、よくできました』って褒めてから、数字の3と2が書かれたカードを並べて『どっちが多いの』って聞くでしょ、3が書かれたカードを指さすのを待ってると、『こっち』って2のカードを指さすの。ええって思って、もう一度同じことを聞くと、今度は3のカードを指すわけ」

「そういう数合わせ遊びを続けてるんやね」

と堀川。

「はい。家庭教師は週二回なんですけど、毎回、1から5までで数字を変えてやってます。でも、正解が安定しないんです。ビー玉を見て量の大小は分かるけど、数字のように記号になると大小関係が分からなくなるみたいなんです」

「せやけど、ぼくらの頭の中って数字を見た時ビー玉想い浮かばへんで。一億言われた時、ビー玉一億個想い受かべる人なんかおらへんで」

夏生も今出川と同じことを思った。

「そんなん、私ら大人やったら当たり前やんか。大人ちごうても、小学生でもいちいちビー玉想い浮かべてるわけやあらへんわ。私らの中では数字の3と2を見た時3の方が1大きいって当たり前になってるけど、サオリはんがその子とやってはるのは、当たり前になるためのスタートの活動やねん」

夏生は堀川の説明に引き込まれた。

「私ら数字の3と2見て3の方が1大きいっていうけどな、それはサオリはんと、カナちゃんやったっけ、その女の子と二人で頑張ってはる活動がなかったら、3は2より1大きいいう規則は頭の中で成り立たへんで」

「真理子はんの言わはること、難しいわぁ」

「あんた、呑み込み悪いなあ。数字の3言うたらビー玉三個のことや、数字の2言うたらビー玉二個のことや。こんなな、記号と物の量とをな、結び付けることをせえへんかったらな、何で3の方が2より1大きいってなるか分からへんやん」

堀川は一気にまくし立ててアイスティーをチューッと吸い込んだ。

「ぼくはビー玉は浮かばへんけど、何も疑わんと3は2より1大きいと言えるのは、小学生の時にビー玉と数字とをガッチンコしてきたことが脳ミソの中にあるから。そういうことやねんな」

「やっと分かったか。教えてあげたんやから、アイスクリンもらうでぇ」

堀川は今出川のクリームソーダに浮かぶ球形のアイスクリームをスプーンで半分すくい取ると、「ごっちゃんね」と笑いながら口に含んだ。今出川は幸せそうな表情で続ける。

「ほんで、サオリ嬢は今どんな風に頑張ってんの」

やっと本題に入ったと、サオリは背もたれのでっぱりに掛けておいたショルダーバッグからカードを取り出した。輪ゴムでまとめられたカードは二種類あって、片方は淡い黄緑色のカードにピンク色の円いシールが貼られたもの、もう片方は白地に黒で数字が書かれている。

サオリはシールが貼られたカードと数字が書かれたカードとを三枚ずつテーブルに並べた。

シールのカードにはピンクの円シールがそれぞれ一個、二個、三個と貼られている。数字のカードには数字の1、2、3が書かれている。

「カードで遊ぶんです。円いシールを貼ったカードって麻雀牌の筒子《ピンズ》に似てるから、私は『ピンズカード』って呼んでるんですけど、初めに筒子カードを見せて一緒に数えます。『いち、にぃ』って。『二つを表わす数字はこれよ』って2を書いたカードを見せます。ここまでは、ビー玉と同じです。じゃあ、今出川さん相手になってくださいね」

サオリは今出川の前に数字が書かれたカードを三枚並べてから、シールが三枚貼られたカードを見せて今出川に言った。

「雄一君、カードの円を数えてみて」

「いっち、にぃ、さぁん」

「よくできました。今数えた数と同じ数字はどれ」

今出川は、真面目に3のカードを取り上げてサオリの前に差し出した。

「雄一君、天才」

堀川も夏生も笑った。

量と数字が一致すること、数量の大小が分かることを狙って、いろんなゲームを取り入れているのだとサオリは言う。1から5までの数字カードと筒子カードを裏返して置き、数字カードから一枚、筒子カードから一枚めくって量と数字が一致したらカードをもらえる神経衰弱のようなゲーム。1から5までのカードをワンセットずつ持ち、「せえのっ」でカードを一枚出す。大きいカードを出した方が相手のカードをもらえるゲーム。筒子カード対筒子カード、筒子カード対数字カード、そして数字カード対数字カードまで進みたいとサオリは話した。

「サオリはん、カナちゃんのこと可愛いねんなぁ。うち応援するわぁ」

「でも、始めてから二か月以上経つけど、いつになったらカナちゃんの中で量と数字が結び付いて、数字の大小が分かるようになるか……」

サンドイッチとピザが運ばれてきた。三角形に切られたミックスサンドは四枚羽の風車のように盛り付けられている。堀川がどうしても食べたいといった海鮮ピザは放射線状に八等分されていた。

「店のマスター、ぼくらが喧嘩せえへんように作ってくれたなぁ。割り算の勉強やな」

今出川はとろけているチーズが千切れるように、ぐうんと腕を伸ばして扇形のピザを持ち上げ、堀川の笑いを誘った。サオリはピザヘラで一枚取り分けると、スッと夏生の取り皿にのせてやった。

「あ、ありがとう」

夏生の礼は小声だった。

「せやけどな、サオリ嬢の言わはったゲームを繰り返して、3は2より大きいってカナちゃん間違わんようになったらな、ぼくらみたいにいちいちビー玉想い浮かばんようになってるいうことかな」

口の中にピザを残しながら今出川が言う。「口ん中空っぽになってから喋りやぁ」と堀川が刺す。今出川はゴクンと飲み込んで、テーブルナプキンで口の周りを拭いた。

「想い浮かばんようになるんやとしたら、数字の3と2とでは3の方が大きいんやでぇって、初めから覚えてもろうたらあかんのぉ」

今出川は、サオリが試みているゲームの狙いは理解できるという。しかし、数字の大小は覚えればよいのだとも思う。正直な顔で話す。

「キツイこと言うけど、サオリ嬢とカナちゃんがやっているゲーム続けていけばな、シールの数とその数を表す数字が一致する時は来ると思うねん。でもな、もう一つ実感湧かんのは、量と数字の一致がな、数字の大小が分かることにつながってんのかどうかちゅうことやねん」

水掛け論に陥ってしまう危険を感じて堀川が口を挟んだ。

「確かに覚えた方が手っ取り早いかもしれへん。でも、それはインチキや」

堀川は自分が言った「インチキ」に舌足らずさを感じて続ける。

「何て言うたらええのぉ。サオリはんのゲームは、カナちゃんの頭ん中で『3は2より大きい』が当たり前になるための土台作りやと私は思う。大事なのは、3と2とでどっちが大きいかいうことが分かって終わりとちゃういうことやねん。雄一さん、3－2はいくつですかぁ」

「何やいきなり。1に決まってるがな」

「ようできました。せやけど、うちはサオリはんと違うで天才言うて褒めへんで」

サオリはくすりと笑う。

「3と2とでどっちが大きいか分かるようにするのは何でか。ビー玉三個とビー玉二個がパッと浮かんで3の方がビー玉一つ分大きい。こういう段階を通らせるためやねん。雄一さん、さっきの引き算でビー玉、頭ん中で浮かばへんかったかぁ」

「浮かぶわけないやん。3－2は1やって、覚えてもてるがな」

「いつかは覚えてまうねん。けど、3－2は2って答えた子には、ビー玉使うて教えたらなあかん。3－2は1やって覚えるまでに、ビー玉使うてな、ああ、3ひく2はほんまに1になんねんなぁいう段階がほしいねん。サオリはんとカナちゃんがやってはるゲームは、そこに通じてんねん」

「真理子はん、あんた算数の先生になんのんかぁ」

「いいえ、国語でございまする。せやけど、小学校の先生やさかいに算数も教えられなあかんの」

今出川はチュッとストローをくわえ、堀川はザリッとピザにかぶり付いた。

窓の外は晴れて眩しい。昼の太陽に照らされている街並みを見ながら、サオリは確かな味方を得た気持ちになった。そうではあるが、胸の中は膝を抱えたまま木箱に閉じ込められたように息苦しい。肩が外れるくらい腕を伸ばしても次の枝に手が届かない。サオリは頬杖をつくと、斜めに突き出たストローに人差し指を絡めた。サオリの人差し指に押されてストローはグラスのリムに沿って回った。


喫茶スカイを出る間際、今出川が夏生に言った。

「無藤君は葵祭見たことないやろぉ。連休から流鏑馬やら競馬の神事は始まってんねんけど、メインの行列は十五日や。今年は木曜日やけど、たくさんの人が見に来るで。せっかく京都にいてるんやから三大祭りは見た方がええでえ」

今出川と堀川は、府立資料館で調べ物をすると言って西大路通りの方へ向かう。数歩歩くと今出川は堀川と手をつないだ。

「お二人さん、仲睦まじいことで。一年中、春なのね」

サオリは半分呆れ、半分憧れの目で二人を見送る。サオリの前髪を吹き上げるように風が吹いた。白い額や耳輪に掛かっている銀縁眼鏡のテンプルが眩しい。

夏生もサオリも午後の講義がある。二人は並んで来た道を戻る。車同士がやっと擦れ違える程度の広くない道だ。時々、自動車が二人の横を通り過ぎる。今出川たちのように手はつながなかったが、夏生はサオリの左側で盾となった。

古都京都でも新興の住宅地はあるものだ。キャンパスに向かう静かな住宅街の道には、住宅と道路とを隔てる緑の生垣が続いている。サオリはショルダーバッグを胸の前で抱えながら歩き、生垣を見て「綺麗ね」と小さく言った。生垣には光沢のある緑の葉に混じって白い花が点々と咲いていた。名前は分からないが、たくさんの長い雄しべが目立つフワフワした丸い花だ。

「梅の花に形が似てますね。梅より柔らかい感じだけど」

また少し風が吹いて、白い花が揺れた。

「二月の終わりにね、北野天満宮で梅花祭があるのよ。夏雲の何人かと見に行った。野点で抹茶も頂いたなぁ」

「北野天満宮って、天神様ですか」

「そう。『東風吹かば……』の天神様よ。二月終わりなら、合格発表の頃ね」

夏生はまだ白い雪を被っていた故郷の山々を想い浮かべた。

生垣がなくなると、住民や学生相手の弁当屋が現れる。黄色い看板の弁当屋は、のり弁当やしゃけ弁当、唐揚げ弁当など種類が豊富で学生に人気があった。注文を受けてから発泡スチロールのケースにご飯やおかずを詰めるので、すぐに食べればほかほかと温かい。これが人気の出た一番の理由だった。弁当屋の前には男子学生が四、五人列を作っている。彼らの横を通る時、サオリの腕と一人の学生の腕が擦れたが、サオリは小さく頭を下げただけで視線はずっと前を向いたままだった。

二人は常緑樹の並木道を通り、レンガ敷きのキャンパスに入った。サオリは腕時計を見て少し考え、夏生に言う。

「三講目まであと三十分だけど、もう少し話してもいいかな」

「構わんけど」

夏生はそう言って、自分から近くのベンチに腰を下ろした。サオリも一緒に腰を下ろす。そしてバッグから真っ白いハンカチを取り出すと、顔に当て薄い汗を取った。ベンチ前には数本の落葉樹。その青葉が昼の陽光に透き通って見える。

サオリは一歩先を想い描けなくなっている自分に気付いていた。カナちゃんの役に立とうと思うが、役立っている実感がない。皿にキャラメルをのせる。二個の皿と三個の皿。どっちがほしいと聞く。カナちゃんは三つの方を掌で押さえる。「どうして、そっちがほしいの」といいながらカナちゃんを見る。「こっちがたくさんやさかい」ニコニコ答える。サオリは三つの皿の上に3と書かれたカードをのせる。「この数字が三つってことよ」のサオリにカナちゃんは返す。「たべてもよろしいぃ」サオリは何も言わずに笑って頷く。

「いつもさぁ、こんなやり取りの繰り返しなのよ」

「ふうん。楽しそうじゃん」

そうだろうか。サオリは分からなくなっていた。いつまでこんなやり取りが続くのだろう。長い棘のある太い蔓がサオリに巻き付いて身動きを取れなくしている。

「帰る時にね、またキャラメルやってって言うんだよ。でもさ、キャラメルほしいだけじゃないかな……」

地面に視線を落とすサオリの横で、夏生はベンチの背もたれに体を任せ目の前の木々を見上げた。風が吹いて枝を揺する。風は枝先を微かにしならせ、まだ薄い青葉たちをはためかせる。風が弱まれば枝は元に戻り、小さく震える青葉だけが微かに風の余韻を伝える。吹いては揺らし、揺らしては止む。何度吹いても、風は木々の枝を曲げることはしないように見えた。

風が揺らす目の前の木々にサオリとカナちゃんが向き合う姿がぼんやりと重なった。枝がカナちゃんで、その枝を揺らす風がサオリさんだな、と。けれど、その風は枝を曲げようと吹いてはいないか。

ベンチから伸びるサオリの白い足は、踵をつけたまま、つま先をへの字に閉じていた。追い立てられる焦りを閉じ込めているかのように。への字が解かれれば、優しい風が吹くのかもしれない。夏生は青葉を見ながらサオリにそっと話す。

「キャラメルよりサオリさんに来てほしいんだな、きっと」

サオリは踵を引くと膝の上に肘をつき左右の掌で頬を覆った。夏生の言葉を素直に受け入れられないもどかしさから逃れるように、サオリは小さく息を吐いた。

サオリの体が小さく見える。夏生はサオリの小さな肩を見ながら、またゆっくり口を開く。

「もしカナちゃん、3と2とでどちらが大きいか分からないままでいたら、全然変わらなかったら……、って考えたことあるかな」

「……」

「俺は人を教えたことはないけれど、時間をかけてやってみても、全然変わりませんでしたってことはあっていいと思う」

あなた、私のことバカにしてんのか。前屈みだった体を起こすと、サオリは唇を固く結んだ。そして拳を握った。

「あっ、待て。まだ話終わりじゃないぞ」

夏生はサオリが立ち上がるのかと思い、語気を少し強めた。二人の前を通り過ぎる学生たちが驚いて夏生を見る。夏生は一呼吸置いて静かに言った。

「コンパの帰り道に運動会の話したの覚えてるかな。二人三脚の話」

サオリは俯きかげんに「うん。覚えているよ」と応じた。

『『みずいろ学級』の女先生。俺は、体育館やグラウンドでクラスの女の子と鉄棒したり鬼ごっこしたり、そんなとこしか見てないけど、いつもニコニコしてたなあ。女の子らが逆上がりできなくても『あーっ。またやろうね』って大きな声出して女の子らと笑ってたなあ」

　鳥たちの囀りが聞こえた。

「サオリさんは家庭教師の仕事だけど、それって、カナちゃんの時間なんだろぉ。カナちゃんが気持ちよく変わっていける時間なんだろぉ……。と俺は思う……」

思い切って言ってしまった。夏生は下を向いて、ふうっと息を吐いた。

サオリは伸ばした足を揃え少し浮かせては下ろし、また少し浮かせては下ろす。白いスニーカーが上下に動く。トンと足を地面につけてサオリは言った。

「夏生さん、ありがとう」

「んっ」

サオリは両腕を伸ばし猫のように背を丸めてから背筋を伸ばし、もう一度言った。

「ありがとう」

夏生はサオリの横顔を見た。柔らかな横顔だった。

風が木々の青葉を揺らす。

「私、大事なことを忘れてた」

そう言ってサオリは夏生を見た。丸いレンズ越しの瞳はうるんでいるように見える。

サオリはバッグからハンカチを取り出すと眼鏡を外し、そおっと顔に当てる。そして、ハンカチをバッグに戻すと、トンッとスニーカーの底で地面を蹴って立ち上がった。

「私、自分が喜びたかっただけなのかも……」

「えっ、何だって」

それには応えず、サオリはベンチの夏生を見下ろした。

「十五日の葵祭、どうする？　夏生さんさえよろしければ、ご一緒いたしますよ」

サオリの眼差しは「断れる訳ないよね」と強く夏生をロックオンした。そして、ふふふっと微笑んだ。

「お、お願いします」

「じゃあ、烏丸北大路までバスで行くよ。バス停待ち合わせ時刻は文学専攻の掲示板に貼っとくからね」

さあ、講義に出るかと踵を返してサオリは講義室に向かって歩き出した。夏生はベンチに腰かけたままサオリを見送る。また風が木々の枝を揺らした。その風は夏生の頬に心地よかった。ショルダーバッグはもう抱えられていない。右肩からたすきに掛けられ左手で押さえられている。サオリは右腕をリズムよく振りながら学生たちの中に消えていった。

その夕方、夏生は天国飯店に食事に行った。アルバイト生は西山のはずである。ラッシュを避けるため、夏生は午後五時を少し回った頃に下宿を出た。下宿横のお地蔵様を越え、街道に出る。その街道を東に向かって真っ直ぐ進む。街道両側には半二階の家並みが続く。バイク屋とパン屋を越えると左手に白い土塀で囲まれた寺院がある。そこから四つ辻を一つ越えた次の四つ辻に天国飯店がある。天国飯店の黄色い看板が見えてきた。まだ十分に明るいが、午後五時を回ると看板を縁取る黄色い電球が点滅し光が時計回りに動いて見える。

一つ前の四つ辻を越えた時、店の出入り口や窓から漏れ見える光が小さかった。まさか、臨時休業の訳はない。どんどん進むと、天国飯店のある四つ辻はいつもと違った景色だった。緑の板に見えるものが、四つ辻の建物の壁に隙間なく整然と立てかけられている。近付くと幅三十センチくらい、高さ二メートルほどの大きさの飾り物だった。下半分は割られて板のようになった緑の竹を並べてできており、そこには人や団体の名前が書かれた縁取りのある紙が貼られている。上半分は艶のある榊のような木だ。それに白い布が紐のように掛けられていた。その飾り物は四つ辻だけでなく、四つ辻から南北にのびる街道の両側にもびっしりと立てかけられていた。

天国飯店も、出入り口を除いて、外壁が全て飾り物の緑で染められている。出入り口に掛けられた暖簾も左側半分の天国の文字だけが見えていた。暖簾の下からは店の中が見える。灯りが点き確かに営業している。夏生は初めて店に来た時のように中をそうっと窺いながら店内に入った。

七

天満組の相談役が亡くなった。通夜は明日の土曜日だが、訃報が回った直後から弔問客が事務所を訪れていた。遠方の関係者はまず供物を届ける。天国飯店界隈に整然と並べられた門樒《かどしきみ》もその一つだった。夏生は生まれて初めて門樒を見る。故郷での葬儀には、直径が一メートルはあろう花輪や生花が葬儀場の玄関に飾られる。関西でよく見られる門樒も本来は葬儀会場の門に飾られる物なのだが、街道の両側に並んだ門樒は葬儀の大きさを伝えていた。街並みは重い緑一色になり動きが止まったように見える。街道を往来する人々の姿も今日は見えない。

店に入って肉団子定食と餃子を注文した。おっちゃんは、どこか浮かない表情だ。その気配に覆われて、いつもは軽快な西山も口を開かない。時刻は午後五時半に近いというのに、客は夏生一人である。店の外壁に立てかけられた門樒は窓を塞ぎ、光が入らない。蛍光灯は点いてはいるが、店の中は勢いを欠いていた。

「天満で不幸があってなぁ。昼間から食べに来よるのは組関係ばっかしや」

おっちゃんの表情が冴えない理由は想像できた。黒服の強面たちが間断なく来店し、乱暴に注文をしてガヤガヤと食べていく。そんな絵が浮かんだ。いつもなら午後三時過ぎにできる夜のための仕込みがさっき終わったという。おまけに支払いに一万円札を出す者が多く、釣銭用に用意した千円札はすぐになくなった。平日の四時までおっちゃんと一緒に店を切り盛りするおばちゃんは、万札を両替しに銀行へ何度も走る羽目となった。

「いつもの客が怖がって入って来いひんね。たぶん明日もこんなんや」

売り上げは普段以上なのに、おっちゃんの顔には疲れが見えた。西山が言う。

「日曜日は確か自分とちゃうか。葬式の日やし、関係者が来よんで」

天満組へ出前配達に行っても怖いと思ったことはない。ただ、カウンターが組関係者で埋まるとどうなるか、夏生は想像できなかった。

日曜日の朝、店界隈の空気はしっとりと重かった。整然と並んだ門樒に朝日が当たって、緑の葉が艶々して見える。隣の居酒屋の壁も門樒一色だ。しかし、店の勝手口に通じる通路に入ると瓶ビールのケースや野菜を入れた段ボール箱が積まれ、いつもと変わらない光景がある。界隈に立ち込めている重く暗い空気の層の下には、油にまみれた生活臭が確かにあった。

「おはようさん」

夏生の挨拶に返って来たおっちゃんの声に疲れはない。餃子の餡作りから始めて、溶き卵作り、最後は餃子をバット二枚分握って昼飯となった。日曜昼の支度飯は炒飯に鶏がらだしの味噌汁と定番化していたが、この日の味噌汁には刻みニラが入っていなかった。

「昨日、ニラレバー炒めがぎょうさん出てな、今残り二束や。八百屋の配達が間に合えばええんやが」

やはり、昨日も関係者で混雑したとおっちゃんは話す。みんな千円近く注文するので売り上げは倍増したが気を休める暇はなかったらしい。

今日の葬儀は午前中で終わる。

「まあ、夕方からはいつも通りに戻るやろうが、昼飯時は関係の者が来よるやろうなあ」

おっちゃんは、味噌汁をレンゲでズズッとするとフーッと息を吐いた。

店を開ける。サンプル棚のカバーは門樒で覆われ外せなかった。二つの出入り口に着ける赤い暖簾も、門樒の背後になるよう遠慮した。壁の時計は間もなく十二時だ。いつもならもう何人も客が入っているところだが、厨房にはダクトの轟音だけが響いている。

陽が差し込む窓も門樒に覆われて、店は穴倉のようだ。店の西側と北側にある出入り口半間幅からしか外は窺えない。晴れて気持ちのよい日曜日だが人影はなかった。

おっちゃんが大きなため息をつく。

「葬式やさかい、組から昼飯が出るんかも知れへんなぁ。天満かて粗相なことはでけへん」

「葬儀屋さんも、外の飾り物を早く片付けてくれるといいですね」

夏生は関係者でカウンターが埋まる光景を目の当たりにしたかったが、完全に肩透かしを食らわされた。

十二時を少し回ったところで、客が入ってきた。学生風の二人組。

「何かあったんですか」

注文より先に街道や四つ辻に並べられた門樒について尋ねてくる。

「大きな葬式があったんです。で、何しましょう」

夏生はさっさと注文を取る。また客が入る。見慣れた顔たちだ。やっとエンジンが掛かったように来客にリズムと流れが出てきた。しかし、多くの客は「表の飾りは何ですか」と口を揃える。おそらく関西の出ではない人たちだ。

午後二時。客足が落ち着くと北側出入り口から二人の黒服が入ってきた。

「マスター、いろいろ世話かけるのう。式は滞りなく進みましたさかい」

アフロヘアの左襟には金のバッジが留められている。

「たいへんでしたなぁ。たくさんお参りに来はったんでしょ」

おっちゃんがお愛想を言う。アフロはフンと鼻で笑い注文を告げた。

「マスター、冷一本。おい、玄の字、何か食え」

夏生が一合瓶を取りに背を向けると「天津飯」と玄二の声、続いて「天津飯」とおっちゃんの低い復唱が聞こえた。アフロはコップに酒を移し終わると夏生に向かってグイッと空瓶を突き出した。昼間から酒を飲んでいることを知られたくないのだと言う。夏生は空瓶を受け取って、八角皿に天津飯用の飯を盛った。

二人の黒服は三日間の緊張からゆっくりと自分を解いている。アフロはチビチビと酒を舐め、玄二は不味そうにレンゲを口に運んでいた。玄二が三口ほど食べた時、北側出入り口に人影が見えた。チャンチャンと床を白杖で叩きながら衣笠さんが入ってきた。衣笠さんの白杖がスツールから垂れた玄二の脚を打つ。

「おっ」と小声で振り向く玄二。それに気付いた衣笠さんが謝った。

「ああ、すんまへんなあ。杖が当たってしもうて、すんまへん」

小さく頭を下げる衣笠さんを見てアフロが玄二に顎をしゃくる。

「譲ったげぇ」

玄二は天津飯を持つと「おっちゃん、どうぞ」とアフロの左隣のスツールに移った。

「はあ、どちらさんか知りまへんけど、どうもおおきになあ」

衣笠さんは嬉しそうに白杖を折ると、手探りでスツールに近寄り尻をのせた。

「玄の字、堅気の方あってのワイらやからな」

その一言に衣笠さんの顔から笑いが消えた。そして小声で「ほな、ビールもらいましょかあ」といつも通りの注文を告げた。ビールを出した後、丼に盛った炒飯や酢豚をカウンターに運ぶ。アフロはもうコップ酒を飲み干すところ。玄二も八角皿に付いた飯粒をレンゲで集めている。アフロはハーッと酒臭い息を吐くとカウンターに千円札を放った。

「ヨウゲソ番、しんどかったか」

「気持ちは緩められませんでした」

「ワイは先に休むで」

釣銭を受け取らずアフロは入ってきた北側の入り口から出ていく。「お疲れさまでした」とスツールから下りて玄二は頭を下げる。そのままスツールに戻ると「ビールくれ」と夏生を見た。玄二が天国飯店でアルコールを口にすることは珍しい。出されたコップにドクドクとビールを注ぐとゴクッゴクッと喉を鳴らした。トンと空のコップを置いて、ハーッとカウンターに長い息をかけた。

「お兄さん、何かお疲れやねぇ」

衣笠さんが指先を入れたコップにビールを静かに注ぎながら声をかけた。玄二はそれには応ぜず、フッと鼻で笑う。「俺は兄貴が言うようにほんまの阿呆かもしれへんな」

玄二は自分を笑った。

夏生はアフロが飲み終えたコップを下げる。目の前には薄っすらと笑みを浮かべる玄二がいる。一つ事をやり抜いた顔に夏生には見えた。

葬儀社の車が街道を行き来し門樒を片付けていく。夕方には四つ辻も南北に走る街道も普段の顔に戻った。夕焼けが妙に温かく感じられ、街にも安堵の柔らかさが漂っていた。

玄二はわかば荘で眠っていた。弔問客の対応に追われ、一昨日からほとんど寝ていない。

玄二は天満組事務所で下駄箱を任された。十人も入れば事務所のソファはいっぱいになる。弔問の関係者たちは既に宿を取っていて、満員の事務所に新しい関係者が挨拶に来ると先にやって来た者から順に腰を上げた。玄二は関係者の顔と靴を覚え、事務所を出る関係者に靴を出し弔問の礼を言う。ほぼ全員が初対面の関係者である。奴らが履いてくる黒靴はみな同じに見えた。チャッカーブーツなど目立つ靴を履いた関係者が訪れた時は、顔と靴がすぐに結び付けられ少しほっとした。

「坂本、お主んとこの坊は出来者やな。ワイらのヨウゲソちゃんと覚えとるで」

大阪から来た関係者が天満組若頭の坂本に向かって玄二を誉めた。「へえ、おおきに」と坂本は頭を下げ「奥村ぁ、気ィ抜くんちゃうぞ」と玄二を睨んだ。社交辞令かお世辞か知らないが、玄二は言葉面だけ受け取って素直に嬉しくなった。

話し込んでいた老人が事務所を退く。礼服に黒ネクタイの中でただ一人その老人は黒紋付を着ていた。玄二は老人のために草履を出す。だが、草履がない。そんなはずはない。草履を履いてきたのはこの老人だけだ。他の関係者に出すわけがない。事務所玄関横に急遽設えられた靴棚には黒靴が三足しか残っていない。靴箱の後ろも横も見た。だが、ない。

「奥村ぁ、どないしてん」

老人に付きそう坂本の声が玄二に刺さる。

「ないんです。この方の草履がどこ見てもないんです。堪忍してください」

「おまえ、草履が一人で歩いて帰る訳あらへんやろが」

坂本の顔が玄二の目のすぐ前にあった。

「ほ、ほんまにないんです」

と涙声になって老人を見上げた。白い八髭を生やした温厚そうな老人の顔が次第に赤くなり、髪の毛が逆立ち、頭から二本の角がヌッと生えた。老人が赤鬼になったかと思うと、その赤鬼は「があぁ」と吠え、亡くなった相談役の顔に変化した。

「でやぁぁ」

玄二は跳ね起きた。びっしょり汗をかいている。

「玄ちゃん、どないしたん。何ぞ悪い夢みたんかぁ」

薫子が窓際から四つん這いになって玄二に近付き、粒の汗が噴き出た玄二の額を掌で

七

撫でた。窓からはまだ陽が差し込んで部屋の中は明るい。

「何べんもうなされとったでぇ。その度に起こそうかと思うてんけど、すぐまたスースー眠ってしまわはったし……」

「夢見てん。おとろしい夢やった」

玄二は三日間任された下駄箱の仕事を薫子に話す。

葬儀を切り盛りする若頭の坂本からは「絶対に間違うな。天満の心根をみんな見てはる。人の顔を一回で覚えられん奴はワイらの中では間に合わんのや」と言い渡されていた。玄二は髭や黒子、傷痕など特徴を捉え、やって来る関係者の顔を目に焼き付けた。そして靴を来訪順に下駄箱に並べた。長居する関係者もいれば、すぐに腰を上げる者もいる。玄二は焦点を定めずに、ソファに体を沈める関係者たちを見渡し続けた。見渡しながら「いち、にい、さん……」と関係者の顔と来訪順を重ねた。玄二の場所からは顔がはっきり見えない者もいる。横に座る関係者の陰で体が全く隠れる者もいる。玄二は体を左右に小さく揺らしながら頭髪の色や髪型を確認した。

靴を出される関係者から見れば簡単な作業に見えるほど玄二の靴出しは正確だった。一つだけ困ったのは、下駄箱が玄二一人だけに任されていたため持ち場を離れられなかったことである。便所に行きたくなる。事務所に詰めて関係者の相手をしているのは、若頭の坂本と古参の幹部二人の三人だ。その三人のうちの誰かに「ちょっと、小便してきますさかい客人のヨウゲソ番お願いできませんか」などとは絶対に言えない。かと言って粗相などしたら組が笑い者になる。

限界寸前だと体が伝えてきた。玄二は玄関から顔を出し通りに関係者が見えないことを確かめると便所に跳び込んだ。落ち着いて用を足す。玄二はフーッと長い息を吐くと便所の備品棚からペーパーを取り出し二度三度掌に巻き付けた。使った便器の前に屈むと、巻き付けたペーパーを小便器のリムやたれ受けにゆっくり這わせた。今は誰が便所掃除をしているかは知らない。相変わらず行き届いた掃除がされている。五年前は自分が掃除番だった。ペーパーをたれ受けの部分に這わせた時、アフロに蹴られて前歯を折られたことが過った。舌を上前歯の裏に這わせてみる。四本の入れ歯はつるつるしていた。

三日目、葬儀場に向かう遠方の関係者を事務所から見送って玄二の仕事は終わった。

「奥村ぁ、ええ仕事やったでぇ」

古参の一言に玄二は頭を垂れた。事務所詰めの幹部たちが出て行くと、玄二はソファに体を沈めた。冷蔵庫のコンプレッサーがジーンと鳴っている。事務所もさすがに疲れたか、空気が止まっていた。

玄二は目を瞑る。首筋から肩、背中にかけて体が鉄板に変わっていくようだ。じわじわと体中に広がるコールタールの重みは、この三日間、体のどこに潜んでいたのだろうか。壁の時計は間もなく午前九時を指す。葬儀開始まであと一時間だ。重い頭を振って玄二は立ち上がり事務所を出た。高くなった太陽で眩暈がした。

寝汗を吸ったシャツを脱ぎ、玄二は洗面所でタオルを濡らす。水気の残ったタオルが美しく盛り上がった胸筋や腹筋、上腕部を這い皮膚の上で結晶になった汗を吸い取った。薫子が用意したシャツを被ると、正座している薫子の横に寝そべった。

「下から見ると真っ直ぐな背中やなぁ」

玄二は左手を伸ばして重ねられた薫子の足の指を触る。

「やめてぇ、こそばゆいわぁ」

玄二は薫子の足の指を一本摘まんでは離し、隣の指をまた摘まんでは離した。

「俺にも足の指はちゃんと五本あるで。薫子と一緒や」

七

薫子は薄暗くなっていく窓の外を見ながら玄二の次の言葉を待った。

「なあ、俺と一緒になってくれへんか」

「今も一緒におるやん」

この人は急に何を言い出すのだろうと薫子は笑う。

「いや、ちゃうねん。一緒になってほしいんや」

薫子は背筋を伸ばし直すと右手を玄二の肩に伸ばした。

窓の外は濃い紫色だ。束ねられたレースのカーテンが少し動く。冷え始めた外気が風になって部屋に入ってくる。部屋の中はぼんやりとし、畳に横たわる玄二のシャツの白とその横の薫子のスカートの淡い色との境目が分らない。

「やっぱ、ヤクザは嫌か」

薫子は玄二の首に腕を回すとグッと持ち上げた。上体を起こされて玄二も座り直す。

「あんた、さっき言わはったやんか。俺にも足の指が五本ある。薫子と一緒やって」

窓から入る薄明かりで薫子の顔左半分だけが見える。笑っているのか、真剣なのか、怒っているのか。

「ヤクザやとか、堅気やとか、そんなもん、周りの人が言わはることや。玄ちゃんは玄ちゃんや」

薫子は玄二に持たれ掛かると耳を分厚い胸に当てた。

「聞こえる。玄ちゃんの心臓の音。ドクン、ドクンって聞こえるわぁ」

薫子は体を起こすと玄二の頭を抱え自分の膨らんだ胸に押し当てた。窓からはもう陽が差し込んでこない。部屋の中はひたすら静かだ。

「聞こえるぅ」

「おう、聞こえるで。ドクン、ドクンって聞こえるで」

〔十五・雨↓×。十六・晴れ↓祭。十三〇〇　沙〕
サオリの暗号のとおり葵祭の行列、路頭の儀は十六日に順延になった。二人は烏丸北大路でバスを降り北大路橋まで歩く。行列が下鴨神社を出発し北大路橋を通過するのは午後三時少し前の予定だ。時刻は間もなく午後二時だが、通りの歩道は北大路橋に向かう人たちで混雑していた。
朝は肌寒かったが、正午を過ぎると次第に気温は上がり、ゆっくり歩いていても汗ばむほどだった。サオリは茶色をベースにしたタータンチェック柄のパンツに白いボタンダウンのシャツ、その肩には厚手の水色カーディガンをディレクター巻きにしている。夏生は相変わらずジーパンに紺のスウィングトップだ。夏生はシャツの裾をズボンに入れない。下腹部がキュッと締まる感覚が苦手だったのだ。だからスウィングトップの裾リブからはクシャクシャっとピンストライプシャツのテールや前身頃の裾が顔を出していた。一緒に歩いていると不釣り合いなファッションだったがサオリも夏生も気に掛けなかった。

日差しが少しずつ強くなっている。

「北大路橋だと暑くて眩しいと思うの。行列は最後の御薗橋までは賀茂街道を歩くんだけど、街路樹もあるし、そっちにしようよ」

一歩先が全て未知の夏生はサオリの提案に従う。北大路橋西詰を左に折れると賀茂川を右手に見ながら長い街道が走っている。その街道を両端から守るように生えている街路樹は、透明感のある淡い緑の葉をたくさん付けていた。賀茂街道は行列を見ようとやって来た観光客で埋まっているが、何とか一人が入れるスペースを見つけた。そこにサオリが入り、サオリの後ろに夏生が立った。

川下の方からにわかに歓声が上がる。馬に乗った行列の先頭が見えてきた。この本列先頭の騎馬集団は乗尻と呼ばれ、五日に上賀茂神社で行われた競馬の騎手が務めたのだとサオリは背後にいる夏生に説明した。ポッカツ、ポッカツと蹄鉄がアスファルトの道路を噛む音が何とも心地よい。間近に見る馬は大きく、太い首やシュッと締まった細い足の付け根にはバネのような筋肉が膨らんだり伸びたりしている。長い横顔の黒い目は優しかった。

藤の花を軒に飾った牛車がやって来た。人の背丈ほどもある木製の車輪は軋みながらグルグルと回転する。牛車の後ろには交替用の黒牛がだるそうに歩いている。

「牛車って大きいんですね。今出川さんの話を思い出すなあ」

「中世のリムジンだよね。源氏物語の葵の巻にも牛車で場所取りをする件があるわね」

静かに風が吹いて街路樹の葉が揺れる。行列を務める人たちの表情からも一瞬の心地よさが感じられた。行列は牛の歩くスピードに合わせているのだろうか。夏生には思ったよりも速く見て取れた。

「昔は、歩くと泥だらけになったんじゃないかな」

「でしょうね。でもさ、千年前に私たちみたいに行列見物していた平安貴族って、どんな格好だったんだろうね」

二人は行列を見ながらそれぞれの想いに浸る。

また、風が吹いた。前からふわっと顔に当たる風でサオリの髪がなびく。髪を揺さぶった風は夏生に届く。ジャスミンのような白い花の香りがした。

「ほら、斎王代が見えたよ」

サオリの声に夏生は思わず背伸びしてやって来る行列の方を見た。

斎王代の乗った御輿を黄色の布衣《ほい》に白袴を着けた八人の男たちが担いでいる。八人の輿丁《よちょう》役はアルバイト、斎王代は市内の未婚の令嬢と聞いてはいるが、その凛とした表情に吸い込まれた。飛ぶほどの白粉を塗った斎王代の顔は黒い垂髪にふっくらと映え、目張りや小さな唇を形どる紅がくっきりと見える。頬から目にかけて薄く刷かれた頬紅は斎王代の命が浮き出ているようだ。沿道から「綺麗やなぁ」などと声をかけられると、斎王代は小さく微笑む。

斎王代の御輿が目の前を通る。頭頂から胸まで垂れている白い糸状の髪飾りは、神に通ずる者を思わせる。朱や緑や紫が重なる十二単の襟もとには真っ白い襦袢が清潔にのぞいていた。

「お口、開いてますけどぉ」

サオリの声にハッとして夏生は我に返る。行列は斎王代の女人列が最後の集団だ。沿道の人たちも興奮の頂点を過ぎた表情。夏生はできることなら上賀茂神社まで行って社頭の儀まで見たい気持ちだった。

「夏生さん、満足かな」

銀縁丸眼鏡越しの目は「あなたを連れてきてよかった」と満足そうに笑っている。その悪戯っぽい上目遣いに応えるように、夏生は「ありがとう。来てよかった」と歯を見せた。

行列を追うように上賀茂神社へ向かう人たちと擦れ違いながら二人は北大路通りへ向かう。初めに降りた烏丸北大路のバス停に着くと河原町四条行きのバスを待った。時刻は午後三時半に近い。青空が少し大きくなったように見える。日差しが増してバス停に立つ二人の影が濃い。やって来たバスは運よく空いていて二人並んで腰かけることができた。

「夏生さん何にも言わないけど、私に付き合ってくれるのね」

サオリが葵祭に誘ったのは、行列を見終わった後が本当の狙いだったのかもしれない。

夏生は二時間近くじっと立ち続けた疲れが薄らぐ気がした。

「行列見てそこでお別れってのも何か寂しい。お付き合いしますよ」

夏生のはっきりした発声を受け止めたサオリはコクリと頷くと目を閉じた。二人を乗せたバスは北大路橋を渡ると下鴨神社を左手に見てから葵橋を渡って河原町通りを下る。夏生も目を閉じた。ウンウン唸るバスのエンジン音が聞こえなくなっていった。

「降りるよ」

トントンとサオリに肩を叩かれ夏生は目を開ける。停車したバスの窓から通りを見ると、平日の午後にも拘らず多くの人たちが行き来している。二人は河原町三条で下車するとそのまま人の流れに吸い込まれた。サオリは通りを少し上がると右に折れてやや狭い街道に入った。高瀬川を渡り、木屋町通りを横切る。

「鴨川に下りるからね」

フフフッと笑うとサオリは三条大橋に向かう。人通りは少なくなった。夏生はきっちりサオリの横を歩く。

合格通知を受け取った後、夏生は例に漏れず京都の名所を予習した。その中に鴨川縁のカップルの紹介もあった。均等に間隔を取って腰を下ろすカップル。休日には家族連れなども混じるが、鴨川の流れを見ながら恋を紡ぐカップルの後ろ姿の写真が数枚紹介されていた。これから鴨川の写真に写っていた人たちのように座るのか。夏生はサオリと並んで腰を下ろす自分たちの後ろ姿とその奥に流れる鴨川を想い浮かべた。

三条大橋から四条大橋までの堤防には、すでに何組ものカップルが点になって見えた。ガイドブックにあったように、それともガイドブックにあったからか、どのカップルも等間隔と思われる位置に腰を下ろしている。

「私、川縁って好きだな。流れを見ているのが好き」

大きな石の上を水が通ると、流れが盛り上がり空気を吸って水が白く見える。サオリの言葉に促され、立ち止まって川の流れを見つめると、あれやこれやの想いが消えて心が真っ新になる気がした。

鴨川はさわさわと流れる。その川下に向かって歩くと、右手には河川敷に張り出した川床を設えた料理屋が並んでいる。鴨川では川床を「かわゆか」と呼んでいることや、鱧や鮎の川床料理が出されることをサオリは「食べたことはないんだけどね」と前置きして夏生に話した。

「川床はもう営業しているのかなあ」

「五月からやってるはずよ。九月頃までだと思うなあ。どうしてぇ。私を誘ってくれるのぉ」

　学生の身分で川床料理は遠かろうと分かり切ったように二人は笑った。

　三条大橋と四条大橋のちょうど中間辺りに二組ほどのカップルが腰を下ろせる空間を見つけた。サオリが河川敷の遊歩道から土手に向かって歩くのに夏生も従う。西日を受けて川の方に伸びた影が緑の草に差し掛かる。川下側にサオリ、川上側に夏生が腰を下ろす。サオリは体操座りのように膝を折り、両腕を回して膝を抱えた。夏生も同じ姿勢を取る。腕を回す時夏生の肘がサオリの二の腕に触れた。

「ここに来たのは、私二度目だよ。一回目は去年の四月。新歓コンパの時。何か寒かったことを覚えてるわ」

　サークル夏雲の新歓コンパは木屋町通りの居酒屋で開かれることになっていた。昨年度の一回生はサオリや鉄ちゃんたち五名。上回生に飲まされた鉄ちゃんがすっかり酔っ払ったために、鴨川縁に出てみんなで風に当たろうということになった。すっかり日が暮れてはいたが、ポツンポツンとカップルが体を寄せ合って囁き合っていた。

「河川敷に出たところまではよかったんだけど、鉄ちゃん土手の斜面でバランス崩してさ、そのまま川の中まで転げ落ちたのよ」

バッシャーンと音を立て鉄ちゃんは水面で横になって浮いた。女子学生の悲鳴の中、土手を駆け下りたのは幹事役の今出川だった。今出川は腰まで水に浸かりながら鉄ちゃんを抱きかかえ「何しとんねん。死んでまうでぇ」と珍しく声を荒げた。続いて土手を下りた二人の男子学生が肩を貸し、何とか鉄ちゃんを河川敷まで引きずり上げた。

「すんませえん。俺、目も酔いも覚めましたわ」

フラッと鉄ちゃんは立ち上がり、ぽたぽたと雫を垂らすシャツを脱いだ。上回生の「それ以上脱ぐな」の声が聞こえる中サオリは未だに鴨川で仁王立ちしている今出川を見て笑った。

「今出川さんね、川に腰まで浸かったまま腕組みして立ってんのよ。早く上がればいいのに。きっと『俺はあいつの命の恩人や』なんてナルシシズムに浸ってたんだろうね」

土手を上がってきた今出川が「アクシデントにつき、二次会はしません。ここで解散」と宣言したため、メンバーは散り散りと帰路に就いたという。

「でさぁ、今出川さんらしいなあって思ったのはさぁ、何日か経ってサークルのメンバーにコンパの残金配りをしたのよ。一人千円札一枚ずつ。その千円札がさぁ、パリパリだったの。鉄ちゃん助けに鴨川に入った時、ポケットに入れていたお札がびしょ濡れになってさ、それを炬燵で乾かしたんだって」

今出川は「一回水に浸かっても、お金の値打ちは流れてまへんさかいな」とメンバー一人一人に返したという。ニコニコと千円札を配る今出川を想い浮かべ夏生も吹き出した。

少し寒さを感じてきた。でも、ずうっと座っていたい。

今日サオリが鴨川を選んだ理由を尋ねる言葉が何度も夏生の喉元まで上がってくる。答えを聞いてしまうと何かが終わってしまうような気もする。肌が触れ合うあとほんのコンマ数ミリのところが相手を求める感情の頂点であるように夏生には思えた。

寒くなってきた。サオリは座ったままで水色のカーディガンに腕を通した。寒くないかと夏生に目を向ける。夏生は応えない。それを見てから、もう一度水面に視線を移してサオリは話し始める。

「連休明けに四人でスカイに行った後、大学の構内で夏生さんと話したよね」

夏生は「ああっ」と頷く。

「夏生さんが『それって、カナちゃんの時間なんだろぉ』って言ったでしょ。言われた時は悔しかったけど、その後二回家庭教師の日があったんだけど、これは間違いなくカナちゃんの時間なんだって少しだけど思えるようになった。カナちゃんを伸ばしたいなんて偉そうだけど、私がそう思っていても、あの一時間半はカナちゃんの時間なんだって。もう一人の私が、私に言うのよ。私の投げたボールをカナちゃんがカキーンってホームランするまで、私はボールを投げ続けようって思う。そんな役目なんだって」

サオリは一気に話す。夏生は何度か小さく相槌を打ちながら聞き続ける。聞きながらビー玉やキャラメルを指さしながら数えるサオリとカナちゃんを夏生は想い浮かべた。

「俺、偉そうだったかな」

サオリは自分の膝を見ながら首を横に振った。人を教える立場の者は学ぶ者を誰一人置いてきぼりにしてはいけない。一人残らずできるようになるよう向かい合うことが求められている。教師になろうと思った時からボンヤリと心の中にあったことが、カナちゃんと向き合い続ける中で確かなものに変わってきたとサオリは加えた。

鴨川がさわさわと流れる。サオリの話を反芻する間、鴨川のさわさわ以外聞こえる音はなかった。数メートル離れて腰を下ろしているカップルがいる。二人の視線が鋭角に交わるように少し顔をかしげながら何か話している。けれどもその会話は鴨川に消されて届いてこない。夏生はサオリが鴨川を選んだ理由はこれなのかと思う。西日はすっかり弱くなったが、自分たちを取り囲む周囲の様子ははっきり見える。川縁を歩く人たちもいる。遠くの四条大橋を渡るバスが見えた。そうではあるけれど、鴨川の川音が二人をすっぽりと包み込んで透明な小部屋に入っているように感じる。

川音の中で時間がゆっくり流れた。

「で、さぁ」

川下から足音が近付いてきた。その音でサオリは口をつむぐ。背を反らすと和服の二人連れが視界の右端に入った。ペタリペタリと草履を踏みしめる音が背後を通る。その二人は夏生たちから三メートルほど上流で立ち止まった。男は袂からハンカチを取り出して広げると土手の草の生え際に敷いた。

「座りやぁ」

「おおきに」

真っ直ぐに鴨川を見ていても視界に和服の二人が入ってくる。二人が少し動いたように見えた。ふっと川上の方に顔を向けると、和服の女が斜め上を向き隣の男が応じるように顔を伏せているのが見えた。夏生は慌てて前を向く。そして改めてサオリを見た。

夕暮がサオリの肌を青白く見せていた。

サオリは膝を抱え直してから夏生を見た。

「私さぁ、決めたことがあるのよ。まだ誰にも言ってないけど。親にも姉妹にもよ」

夏生は一瞬強張った背中をクンと伸ばす。

「言うの、夏生さんが初めてよ」

夏生は膝を抱えた腕を解き、右手を地面について体をサオリに向けた。サオリはまた川面に視線を落とす。夏生も膝を抱え直した。

「俺が初めてって、何なん、それ」

川面を見ながらサオリはゆっくりと話す。

「私決めたのよ。学校替わろうって」

耳の中がツーンと鳴る。

「……」

そして理由もなく過去の出来事が閃く。

子どもの頃小鳥を買ってもらった。茶色の腹に青味がかった灰色の翼をした山鳥だった。小鳥店で籠に入れてもらい家に持って帰る。よく晴れた暑い日だった。家に着くと、小鳥の入った籠を持って小さな庭に出る。小さな籠に慣れない小鳥は巣箱に入ったり、止まり木に止まったりと忙しい。夏生は生まれて初めて飼う小鳥がいつか自分の掌に乗ることを思う。籠の中の水入れも餌箱も小鳥が不自由しないくらいたっぷりだ。夏生は籠中央にある入り口の門を腕一本が入るくらい開け、手を入れて小鳥に触ろうとした。驚いた小鳥は夏生の腕の横にできた隙間から青空に飛び出した。「あっ」と声を出した時には、鳥籠の中は小鳥と自分の手が入れ替わっていた。小鳥が逃げて空っぽになった新品の鳥籠から羽音が消えた。体が固くなって動かない。十年以上も前に味わったその感覚が夏生の中に走った。

目の前は夕暮れの朧。膝の前で右手首を握っている左手の力だけを夏生は感じ取る。

「洛北のB大に三回生から編入するの」

サオリは続ける。

「私たちの大学ではさ、カナちゃんみたいに特殊学級に通っている子どもたちを教える教員免許が取れないのよ。まず教員になってから都道府県の免許認定講習会を受けるとか、時間はかかるけど学校替わる以外にも免許を取る方法はあるのよ。でも私、カナちゃんたちのために自分の時間を目いっぱい使いたい」

最後の一言はサオリ自身に向けて話しているよう。少し力がこもっていた。今さっきまで感じていた寒さはどこへ行った。目の前を流れる鴨川は深い藍色に見える。

夏生はやっと口を開いた。

「どうして、俺に言うんだ」

真っ直ぐ川面を見たままの夏生を見て、サオリは「そりゃそうだよね」とコックリ頷いた。

「私ね、早く聞いてもらいたかったの。自分一人で立ってるんじゃなくて、誰か一緒に横に立ってくれている人がいてほしいって。夏生さんなら横に立ってくれるって思ったのよ」

サオリが自分に向ける気持ちと自分がサオリに膨らませてきた思いは重なるのだろうか。夏生は顔を伏せた。

背中や足首に寒さがまた浸みてきた。

鴨川のさらさら流れる川音が聞こえてきた。辺りはすっかり黄昏ている。

「驚かせたかな。そうならごめんなさい。夏生さん、私にないものが有る。知り合って一月半だけどそう感じてるよ。うまく言えないけど、包んでくれる人って」

サオリは「全然伝わらないよね」と笑った。背負った荷物を一つ下ろした顔付きだった。

「河原町で一杯飲まない。何か食べようよ」

言われるままに夏生は立ち上がった。冷えた膝や腰が痛かった。パンパンと尻を払うとサオリに合わせて三条大橋に向けて歩き出す。

「夏生さん。聞いてくれてありがとう」

左横を歩くサオリの右手が夏生の左手に触れる。そして、中指、薬指と夏生の指を握ってきた。握って離さないサオリの指に夏生は何も感じない。言われるままに体だけが勝手に動いていった。

二人は河原町通りのビヤホールに入る。黒ビールを出す店だ。五十人ほど入る店内には仕事帰りのスーツ姿もちらほら見えた。

「今日は葵祭に行ったんだよねぇ」

そうだったと夏生は力なく笑う。賀茂街道を歩く行列をサオリの後ろに立って見ていたことが今日のことではないように思える。

「見てきたこと鴨川に流してきちゃった感じ。でもさ、斎王代、綺麗だったでしょ」

サオリがニコニコ笑う。しかし夏生はサオリを真っ直ぐに見られなかった。その代わりに心の中にポッカリ空いた穴ぼこがしっかり見えた。

分厚い木製テーブルに肘をつき、夏生は口を開く。

「本当に、学校、替わる、のかい」

サオリは夏生の動揺を感じて、静かに返した。

「もう決めたよ」

サオリの声が体に浸み込んできた。俯いて声を絞る。

「でも、いつもサオリさんに感じるグッと向かってくる勢いを感じないんだけどな」

薄っぺらな発声の夏生を見ながら、またサオリは自身にも向けて話す。

「未来のことは分からない。もしも教師になれても、やって行けるかどうかも分からない。不安って言えば不安。けどさ、私ジッと止まっているのが嫌なの。まず踏み出すの」

銀縁丸眼鏡越しの大きな瞳を夏生は受け止められなかった。

フリルの付いた白いエプロン姿のウェイトレスがビールを運んできた。サオリはハーフアンドハーフ、夏生は黒ビール中ジョッキ。サオリの前に置かれたゴブレットは下半分のピルスナーと上半分の黒ビールの境目がグラデーションになっている。ゴブレットを両手で挟むように持つと、サオリは黒ビールのジョッキにそっと打ち当てる。

「デートに乾杯」

そのまま一口含むとゴクリと音を立ててビールを飲み込んだ。「おおっ」と大きく息を吐いてサオリはゴブレットを置く。夏生もジョッキの持ち手を握る。ジョッキの肌には水滴が付き、初め溢れるようにあった薄茶色の泡も擂鉢のように中央が沈み始めている。グッと黒ビールを口に含む。冷たく焦げ臭い液体を飲み込むと苦さだけが口の中に残った。

ウェイトレスがフランクフルトやサラダをテーブルに並べる。「フライドポテトはもう暫くお待ちください」と言い残し、銀のお盆を臍《へそ》の前に当てて彼女は厨房に下がっていった。サオリは太いフランクフルトをナイフで切り分けると切り口に黄色い芥子を付けて白い取り皿にのせた。その横にドレッシングが付いた淡い緑のレタスと赤いトマトを添えて夏生の前に置く。サオリが何度か食べ物を取り分けてくれた場面が夏生の中に納まっていた。

隣のテーブルに座った仕事帰りのグループが思い思いに話し始めた。同じテーブルに座っている者たちなのにいくつもの話題が同時に飛び交い、話がクロスしている。そんな喧騒の中、夏生は鴨川とは違った小部屋にサオリと二人でいるように思う。グビリと一口黒ビールを飲み込んで窓を見る。そしてもう一度両肘をテーブルに着けて夏生は言った。

「学校替わると、会えなくなるなぁ」

「何でぇ。外国行く訳じゃないじゃん。京都にいるんだよ」

それには応えず夏生は木目の浮き出たテーブルを見た。

サオリは小さく首をかしげて夏生を見ながら「夏生さん、寂しいって思ってくれてるの」と微笑む。何も言わない夏生を見つめ、サオリは少し嬉しかった。

夏生はテーブルに伏せた視線を黒ビールの入ったジョッキに移す。踏み出せない男が映っていた。

八

もうすぐ六月になる。

夕刻の鴨川縁で、サオリは学校を替わるのだと言った。熟考した結果というより、沸々と湧き上がる使命感に煽られるような焦りと憂慮が言葉の中にあった。そして、誰か一緒に横に立ってくれる人がいてほしいとサオリは言う。夏生の中に、その横に立ってくれる人を感じているとも言った。

彼女はそう言うが、夏生は自分の未来を描けなかった。逆に、自分にとってサオリこそ横にいてほしい人だと夏生は希う。

サオリの言った横に立ってくれる人とは、何ができる人なのか。

半月が過ぎるが、心にできた穴ぼこは埋まらないままだった。心に漂う灰色を消し去りたい一心で、夏生は西山に一日でも多くアルバイトに入りたいと願い出た。サークル夏雲がある水曜日以外、連荘《レンチャン》になってもいいから出たいと迫った。

「おまえ、どないしたん。金ないなら、少しやったら貸すで」

「いえ、金じゃないんです。天国のバイト、結構楽しくて」

「それは見え透いた嘘やなぁ。何かあったんか」

「ちょっと。でも、大したことじゃないです」

懐の深い西山は「わかったでぇ。精々稼ぎやぁ」と笑った。そして数日後、西山が手渡してくれたシフト表には夏生の名前が五月の五割増しで書かれてあった。平日は月曜日と木曜日が夏生の固定日となり、五回ある日曜日のうち三回は夏生の出番になっていた。日曜日に入らない週は土曜日が割り当てられ、週六営業日の半分に夏生はアルバイトに入ることになった。

夏生はお客に出せる料理を増やせることを目標に決めた。今回挑戦するのは天津飯だ。八角皿に平たく盛った飯を覆う半熟カニ玉を作れるようになりたい。その上に美味い甘酢餡をかける。それを練習できるのは自分の賄い飯を作る時とおっちゃんがトイレに発っている間に天津飯の注文が入る時だけだ。もっとも天国飯店の天津飯はカニ玉を使わない。細切りの人参と輪切りのネギが申し訳なさそうに入った円形卵焼きに甘酢餡をかけるだけだ。しかも二百五十円と炒飯やラーメンに次ぐ安いメニューで、学生たちや汗を流した肉体労働者に人気があった。百回の天津飯の注文のうち一回でも自分自身に調理の場面が訪れるなら、恥ずかしくない天津飯を出したい。夏生は真面目に思った。

日曜日の開店前におっちゃんと食べる支度飯以外、夏生の賄い飯は天津飯になった。その日も午後四時半に店に入ると、客よ暫く来るなと祈りながらメインのガスコンロを点火する。中華鍋からもやっと煙が上がるのでは遅すぎる。夏生は熱せられる中華鍋の温度を掌で感じながら「温まった」と思った瞬間に液化したラードを鍋に入れる。多めに入れたラードが鍋全体になじむようにゆっくりと鍋を回してから余分のラードをオイルポットに戻す。鍋のラードが蒸発しようと煙を上げ始める前に玉杓子一杯分の溶き卵を鍋に入れる。溶き卵はジャワーッと音を立てて、外側からプクプクと気泡を作りながら固まっていく。夏生はおっちゃんがするように、外側の固まった卵を内側に混ぜ入れるようにして全体の固まり具合が均一に近くなるようラードに浮いた溶き卵を円形に仕上げていく。

「今や」

横からおっちゃんの声。夏生はそらよっと鍋を振る。鍋を滑った円形卵が宙で半回転して鍋に納まる。よし、焦げていない。夏生は、もう片面も焦げないように円形卵を鍋に滑らせた。五秒ほどだろうか。鍋の底をクルクルと滑る卵を見ながら、一、二と夏生は心の中でカウントする。中華鍋からモヤッと煙が上がる前に八角皿の飯の上に円形卵をのせる。おっちゃんが卵の表面に指をのせる。

「ちょい固いな」

夏生はおっちゃんのエールを素直に受け取る。天津飯の第一ラウンドが終わった。

実は第二ラウンドが難しい。餡の具合で美味い不味いが決まる。天国飯店の甘酢餡は、一対一で混ぜたうす口醤油と酢を弱火にかけ、それに砂糖を入れて掻き混ぜながらおっちゃんがゆっくり仕上げた甘酢を使う。鶏がらスープにこの甘酢を混ぜ、熱が通る頃に細切りの人参と輪切りのネギをほんの一つまみ加え、溶いた片栗粉を入れて仕上げる。片栗粉が程よくとろみを持ったところで円形卵焼きの中央に餡をゆっくりと垂らしていく。

おっちゃんは「汗をかいた後はな、甘酢がきつい方が美味いんや」と言っていた。今日は梅雨に入りそうな暑い日だ。夏生は自分の賄い天津飯を鶏がらスープやや少なめの甘酢餡で仕上げてみた。細切り人参と輪切りネギがところどころに顔を見せる黄色い円形卵焼きに透き通った茶色の餡をかける。見た目は十分に美味そうだ。アルバイト開始までのあと二十分ばかり。夏生は肉体作業で汗を流してきた労働者になった気分で天津飯を頬ばった。酸味と醤油のくどさが口腔に満ちる。ああ、俺には味が濃すぎる。思いと味はイコールにならなかった。

アルバイトが終わり下宿から銭湯に向かう。行きつけの南湯はサオリの下宿の横を通る。いつもそうしているようにサオリの部屋の窓を見上げた。カーテン越しに部屋の灯りが見える。銭湯から帰ってくる時もあの灯りは点いているだろうか。その気持ちを路地に置き去って、夏生は銭湯に急いだ。


夏生の下宿部屋は四月から何も変わっていなかった。ただ、生協で買った組立式本棚の一段が文庫本で埋まりかけているくらいだ。テレビも冷蔵庫もない。上洛の時に持ってきた座机兼テーブルを西日が入る半間の窓の下に置き、近所の雑貨屋で買い求めた寝ござを尻に敷いて机に向かっていた。夕刻になれば半間窓からしか入らない光は座机の上だけを照らし、周囲の板壁はぼんやりとしか見えない。

今、その座机の上には徒然草が置いてある。アルバイト以外の時間、夏生は徒然草のレポート作りに打ち込んだ。六月第二週のサークルに夏生の出番がやって来る。取り上げる題材は今出川の指示で兼好法師が「いい男」についてのたまった徒然草の第三段だった。

ルーズリーフに第三段を書き写す。写し取れば八行ほどの短い文章だ。それを音読し暗唱してみた。布団の中でも、バスの中でも夏生は第三段をぶつぶつと唱え続けた。図書館に行けば徒然草の現代語訳本や文法の解説書はいくらでもある。しかし夏生はそれらに頼ることを避け、スルメをゆっくりと噛み味わうように何度も兼好法師に向かった。そして第三段で兼好法師が言うところを夏生なりにまとめてみた。

□　いろんな事に秀でていても、女性に恋心を抱かない男は何とも物足りない。底の抜けた高価な盃のようだ。

朝露や霜にぐっしょり濡れながら、いつも女性を求めて行先も定めずさまよい回るので、親や世間の人たちから戒めや非難を受け、それを憚って心の休まる暇もなく、あれやこれやと思案に暮れ、詰まるところ独り寝することが多く、しかもなかなか眠れないでいる男も、それはそれで趣深いものだ。

そうはいっても、ひたすら色恋に溺れるのではなくて、女性から簡単には思い通りにならない男だと一目置かれていることが、男として望ましいあり方なのだ。□

兼好法師は出家する以前は宮仕えの身分、さぞ恋愛経験も多かったのだろう。恋心叶わず眠れぬ夜を過ごすことも、女から軽々しく思われず一目置かれることも「いい男」の姿だと兼好法師は言う。今までの自分はそのどちらでもなかったが、恋心叶わず眠れぬ夜を一人過ごす男の心情は理解できると夏生は思う。鴨川でサオリと話した夕方から、ぼかし続けてきたサオリへの恋心がはっきりと澄んだものになっていた。

アルバイトと徒然草に埋められて六月第二週の水曜日がやって来た。午後四時半、文学共同研究室に集まったメンバーは十人。その中にはもちろんサオリもいた。

「ほな、夏生君。どうぞ始めてください」

今出川の合図で夏生は立ち上がった。九人は何事かと夏生を見上げる。夏生は目を瞑って息を吸い込むと徒然草第三段を唱え始めた。

「よろづにいみじくとも　色好まざらむ男は　いとそうぞうしく　玉の巵《さかずき》の当《そこ》なき心地ぞすべき……」

メンバーの手元には夏生が書き写したルーズリーフのコピーが配られている。コピーに目を落とすメンバーが一人二人と増える中、サオリだけは背を伸ばして夏生を見ていた。

「……女にたやすからず思はれむこそ　あらまほしかるべきわざなれ」

暗唱を終えて夏生は椅子に腰を下ろす。今出川が拍手した。つられて数人も拍手した。夏生は今出川に笑みを返して「では」とメンバーに配った現代語訳を読んだ。それに対してメンバーは意見を言う。サークルはいつもそうであるように和やかに進んでいく。その空気を壊したのは「この段の結びに込められた兼好法師の主張が強すぎる」という夏生の一言だった。「あらまほしかるべきわざなれ」は「男の理想とする姿である」と断定する強い表現だと夏生は言う。これに反論したのが三回生の志垣だった。志垣は現代語訳のところでも古語の文法に細かく気を配っていたが、この部分は断定でなく「理想とする姿であろう」くらいの遠回しの推量だと主張した。

夏生は述べた。兼好法師は経歴から推測するに恋愛経験をかなり積んでいる。貴族社会の男たちを観察しただけではこのような文章は書けない。確信を持った主張だ、と。

志垣は反論する。この段は三つの段落からできている。二つ目と三つ目の段落では真反対の男の姿を書いているが、兼好法師はどちらも否定していない。だから「あらまほしかるべきわざなれ」は全体の構成から考えて「何々すべきである」のような強い断定に解釈するのは適当でない、と。

今出川は二人の考えを受け止めてメンバーに意見を求めた。何人かが発言したが決定打はなく、どちらかと言えば志垣の考えに軍配が上がる空気で話し合いは閉じた。

「サオリ嬢は今日は静かやな。なあんも喋ってへんけど、一言どうぞ」

今出川に促されサオリは静かに口を開いた。

「文法も大事ですけど、私は夏生さんが暗唱したことに、ちょっと心打たれました。徒然草はいわば短編集ですけど、暗唱できるまで作品を読み込んでサークルに臨むって、今までなかったと思います」

「よっしゃ。文学を志す者のベースやなぁ。では、今のサオリ嬢のお言葉で本日のサークルはお開きにします。この後は、白梅町の『串一』で反省会やでぇ」

今出川の閉めの言葉は相変わらず軽かった。軽かったがメンバーの表情には笑みが返っていた。

「おう、無藤。『串一』で続きやるぞ」

志垣が夏生の肩を叩く。「はあ。もう勘弁してください」下を向く夏生を置き去りにして志垣は文学共同研究室を出ていった。

メンバーは固まらずに北野白梅町に向かう。だらだらと伸びたメンバーたちの先頭は志垣と三回生の女子、そして鉄ちゃんだった。その後を今出川や堀川、一回生の女子とサオリたちが続いていた。夏生はゆっくりと列に付いていく。白梅町の交差点で信号待ちとなった。先頭集団は横断歩道を渡り切り「串一」に入ろうとしている。今出川の集団に夏生が追い着いたところで信号が青に変わった。横断歩道を渡りながら夏生は今出川に言う。

「俺、今日は帰ります。昨日、あまり眠れなかったもので」

「何や、本日の主人公がいてへんのは残念やなぁ。兼好さんが言うた『あふさきるさに思ひ乱れ　さるは独り寝がちに　まどろむ夜なきこそ　をかしけれ』は夏生君がモデルやったんかなぁ」

と今出川は夏生をからかった。横断歩道を渡り切ったところで夏生は西大路通りを下る。

「何、夏生さん来いひんのぉ」

「彼氏、まどろむ夜なきにて非常に眠いらしいわ」

背後から堀川と今出川の声が聞こえた。夏生は本当に眠かった。志垣と話すことに抵抗はなかったが気持ちが昂らなかった。しかし本当は、サオリを真っ直ぐ見るとグッと胸が重くなることから逃げたかった。自分を抑え込むことが辛かった。

小さくなっていく夏生の後ろ姿を見ながら堀川がサオリに言う。

「夏生さん、何かあったんかぁ。お酒の席断るの珍しいわぁ。サオリはん、あんた何か知ってんのと違うぅ」

「ええっ、どうして私に聞くんですかぁ」

「何でて、あんたと彼氏いい仲なんちゃうん」

「私たち、いい仲なんかじゃありませんよ。夏生さんは素敵な人だとは思いますけどぉ」

サオリは夏生の歩いていった方を見た。もう背中は見えなかった。

「あんたら、何をごちゃごちゃ言うとんねん。早よ店入りやぁ」

今出川の声に、堀川は「本当かなぁ」と首をかしげてから「行こ」とサオリの手を掴んだ。


木曜日にアルバイトに出た夏生は、二日挟んで日曜日の出番を迎えた。盆地の梅雨はしっとりと暑く重い。それでも腹を空かせた学生や肉体労働者たちがカウンターに顔を見せる。みんな疲れた顔をして飯を掻き込むが、夏生は体が軽かった。お客よ、どんどん来い。焼けた餃子を出す、釣銭を渡す、客の皿を下げる。それらの動作が次の動作に移ろうとする一瞬に「俺は集中できている」と閃く。昼のラッシュは午後二時少し前まで続いた。メインのガスコンロ左側に設えられた四つの四角い籠には白菜、キャベツ、玉ねぎそして炒飯用の卵飯が常備されているが、今は籠の底の一部が見えていた。

午後二時を回ると客が途絶える。おっちゃんは冷蔵庫から野菜を取り出し、夕方以降に向けての仕込みを開始した。西側の窓から入る陽光が朱色のカウンターに跳ね返り、厨房のダクト前板をより銀色に見せている。カウンター席にはエアコンの冷風が届いているが、カウンターを挟んだ厨房の中は三十度を軽く超える重い空気だ。夏生も餃子の仕込みを開始しようと熱気を切り裂くスピードで冷蔵庫に跳んだ。

冷蔵庫の中にはバット二枚分の餃子が残っていた。夏生はこの仕込みの間にバットもう二枚分の餃子を握っておこうと決めた。今朝作った餃子の餡は水分を十分残していて柔らかい。皮で餡を包む時、ひだとひだの間から餡がはみ出ないように力を加減した。バットに一列の餃子が並んだ時、おっちゃんがキャベツを切る音が聞こえた。キャベツを出刃包丁で二分してからザクザクと一センチ幅の細切りにしていく。まな板にのせられたキャベツは四玉。今、一玉目が切り終えられた。あと三玉切り終えられるまでに、包んだ餃子が三列目に差し掛かっているよう、夏生は気持ちを込めた。

おっちゃんはキャベツを切り終え白菜に取り掛かっている。夏生はもう少しで二枚目のバットに差し掛かる。

「こんにちはぁ」

客かと入り口に視線を移すと薫子と玄二だった。夏生は冷水の入ったコップをカウンターにトンと起き注文を取る。

「ワイはなぁ、ジンギスカン定食や。ほれと、餃子一人前や」

「私は天津飯にする」

「ジンギスカン、天飯、餃子」

夏生の発声に中華鍋を温めていたおっちゃんはコンロ前を離れ「天津飯、餃子」と低く復唱した。そのまま八角皿に飯を盛ると、まな板の上に置いた。

「早うせんと、鍋が熱うなるでぇ」

おっちゃんは視線を落として呟くと、夏生が握っていた餃子のバットを持った。俺が作るのか。出番は思いがけない時にやって来た。

「はいっ」

中華鍋の底に掌をかざす。これは熱い。夏生はいったんガスを止め、液化ラードを鍋に這わせた。余分のラードをオイルポットに戻してからガスを点火。鍋の底にラードが集まるのを見ながら溶き卵を入れた。

「何や、バイトが作んのか」

玄二の声を夏生は背中で受け止めた。溶き卵は外側からジュワジュワ音を立て気泡を作って固まっていく。それを内側へ内側へと掻き入れながら中華鍋をぐらりぐらりと回して形を整える。溶き卵の表面が半熟になった時、「今や」いつか聞いたおっちゃんの声が蘇る。夏生は鍋を振る。空中で半回転した円形卵焼きはジャバッと鍋に納まった。納まる瞬間、手前側が崩れたが玉杓子ですぐに円形に整える。中華鍋を振り円形卵焼きをクルリクルリと鍋底に這わせる。夏生はおっちゃんが盛った平たい飯の上に優しく円形卵焼きを被せた。間髪入れず中華鍋に鶏がらスープを玉杓子一杯、次いで甘酢を玉杓子三分の二ほど入れ少し待つ。鍋底から気泡が現れた。夏生は鍋の中の液体に小皿をサッと浸け、その小皿を口に運んだ。少し甘酢が多かったか。溶き片栗を入れれば若干薄まる。それから今日は暑い。しかも一番気温が上がる頃だ。細切り人参数本と干からびた輪切りネギを鍋に投入し、溶き片栗で甘酢餡を仕上げた。透明な茶色の餡を円形卵焼きの中央から垂らす。とろみを帯びた甘酢餡は円形卵焼きの縁に向かって滑っていく。

おっちゃんがレンゲを添えて薫子の前に天津飯を置いた。

「何ぃ、夏ちゃんが作ってくれはった天津飯、美味しそう」

甲高い薫子の声を聞きながら、夏生はささらで中華鍋を洗う。「早く食ってみろ」鍋に付いた甘酢餡を落としながら夏生は思った。

「いやあぁ、めっちゃ美味しいやん。おっちゃんの天津飯より美味しいわ」

「嘘つけぇ。一口食わせ」

薫子からレンゲを取り上げ玄二は天津飯を頬張る。夏生は再びコンロに点火し、中華鍋に液化ラードを入れる。おっちゃんは冷蔵庫からマトンの入った深型組バットを取り出すと「交替や」と夏生を見た。

「ほんまや。美味い天津飯や」

「なあぁ、うち、嘘つかへんやろぅ」

夏生は二人に「どうも」と会釈した。二人に背を向け餃子鍋に向かう。おっちゃんが並べた餃子を摘まみ上げると底がきつね色になっていた。餃子鍋に水を入れ重い鉄製の蓋をする。鍋と蓋との間から出る湯気が収まりかけた時、カウンターを見た。薫子がレンゲたっぷりに天津飯をすくい頬張るところが見えた。おっちゃんが振る鍋の中ではジンギスカンが仕上がった。夏生は丼に飯を盛り、小皿に沢庵二切れをのせると、カウンターで待つ玄二に料理を出した。

「夏ちゃん、天津飯、めっちゃ美味しいで。いつの間に上手になったん」

天津飯を半分平らげた薫子が笑う。「どうも」夏生は唇に力を入れて、笑いそうになる自分を抑えた。

中華鍋を洗い終わったおっちゃんがカウンターの二人と向き合った。

「二人揃って来はるのは珍しいなぁ。今日は何ぞええことがあるんかいな」

薫子はグンと天津飯を飲み込むと満面の笑みで応えた。

「おっちゃん、いい勘してはるわぁ。うちらなぁ、これから宮津へ行くねん。玄ちゃんと一緒に働いている葵が今夜は休みなん」

夏生が焼き上がった餃子をカウンターに運ぶ。それを玄二が割り箸を持ったままの手を出し受け取った。

「宮津かぁ。魚が旨いやろうなぁ」

腕組みしておっちゃんが笑う。

「でなぁ、電車賃も宿代もぜぇんぶ玄ちゃんが出してくれはるんやでぇ」

薫子の声が一層甲高い。

「阿呆。黙っとかんかい」

玄二はジンギスカンを飯にのせてアグアグと掻き込んだ。

改めて二人の服装を見る。玄二は夏用の白スーツに赤いボタンシャツ。ゴールドのネックレスがその開けたシャツの胸から見えている。薫子も品のよい花柄のボタンシャツに水色のゆったりしたパンツ姿だ。なるほど、余所行きだなと思う。

「なんぼや」

薫子が天津飯を食べ終わるのを見て玄二が言う。

「はい。七百二十円です」

「薫子、お前、払うとけ」

「ええっ、今日は玄ちゃんが面倒見てくれはるんと違うん」

「俺は電車からや。ほな、行くでぇ」

スツールを後ろ向きに跳び下りると玄二は出入り口に向かう。

「困った人や。ほやけど、その困った人がいるさかい、うち幸せなん」

バッグから札入れを取り出した薫子は「夏ちゃん、ほんまにおいしかったでぇ」と千円札を夏生に手渡した。夏生は微笑んで会釈した。「ほな、おっちゃん、行ってくるわぁ」と薫子は店を跳び出していく。薫子には玄二が「たやすからず思はれむ」男なのだなと夏生は思った。

六月第三週、第四週のサークル夏雲を夏生は欠席した。サークルに出ればサオリはいる。サオリの声も聞こえる。「そうかなぁ」と頬が肩に着くほど首を曲げる猫のようなしぐさも見ることができる。だが今の俺には、学校を替わると言ったサオリを「そうか。頑張れよ」と包んでやれるだけの器量はない。右にも左にも傾かない天秤を、ただじっと持ち続けているだけ。持ち続けることだけでいっぱいだ。どちらかに傾くことが怖かった。

どこか遠くへ行ってみるか。そんな歌の文句もあったな。

六月三十日月曜日のアルバイトを終えると、夏生は隣室の西山を訪ねた。ドアを開けると、煙草の煙が霞のように部屋の天井に浮いている。その下でランニングシャツ一枚の西山が飯台にのせた分厚い本を読んでいた。夏生は敷居を跨がずに言った。

「山陰にいる友だちのとこへ、二、三日行ってきます。七月のシフトできてると思うんですけど、今週は抜けさせてください」

「たくさん入りたい言うたり、抜けたい言うたり、自分は自由やのぉ。調整役の俺のこともちっとは思うてくれや」

「すんません。でも、お願いします」

「しゃあないやっちゃ。その代わり、夏休みは俺の言うとおりにしてもらうで。ええかぁ」

「はい。じゃあ、明日から行ってきます」

夏生は松江市の大森を訪ねるつもりだった。大森は高校時代の友人で高校卒業と同時に大学に入った。今は法律を学んでいるという。連絡なしで訪ねても寝床くらいは提供してくれるだろう。寝ござに横になるとひんやりと心地よかった。目を瞑って、夏生は見たこともない松江の街を想像してみた。大阪から岡山、倉敷と山陽本線に乗り、倉敷から伯備線で米子まで行く。そこで山陰本線に乗り換えて大森のいる松江で下車する。頭の中の鉄道地図が少しずつ薄くなっていった。

七月一日の朝、夏生は着替えと昨日までのアルバイト代だけを持って下宿を出た。もしも手持ちの金が底を突いたとしても、ヒッチハイクや徒歩で下宿まで帰ってくればいい。時刻表は持たない。どの駅でも直近に出発する列車に乗ろうと決めていた。普通列車でも特急列車でも構わない。途中で連絡待ちもあるだろう。自分は列車に迷い込んだ小さな昆虫だと夏生は思う。だから座席に腰を下ろせようが、通路に立ちん坊になろうが構わない。どこかしがみ付いている場所があればよかった。倉敷を出た特急やくもは伯備線を日本海に向けて走る。ゴトンゴトンと鉄の車輪が線路のつなぎ目を踏む。その音を数えていたら眠ってしまった。

窓からの陽光が瞼をつつく。夏生はハッと目を覚ますと窓の外に連なっている山々の緑に、故郷に帰ったような気持ちになった。進行方向の右側の窓には山の木々の葉が迫り、列車が山すそを走っていることが分かる。左側の窓には高梁川が進行方向と逆方向に流れていて、その向こうには緑の山肌が見える。列車は高梁川が造った谷間を走っていた。

米子から山陰本線に乗り換える。松江は米子から五つ目の駅だ。普通列車でも三十分くらいで到着する。安来、荒島と駅を越えると右の車窓に湖が見えてきた。「中海だな」と夏生は思う。この湖は宍道湖とつながった汽水湖だが、シジミの養殖よりも魚を獲る方が盛んだと聞いたことがあった。中海が見えなくなると山と湖に挟まれた町が見えてくる。畑よりも家の方が多くなったと思うと、車窓からはビルや広い通りも見え始め車内放送が松江駅着を告げた。

時刻は午後四時を回っていた。大森を訪ねて来たのだから、彼に連絡を取るしかない。夏生は財布の中からカードを取り出す。そこには大森からの便りに記された電話番号が記されていた。公衆電話に十円玉を三つ入れてボタンをプッシュする。呼び出し音が三回鳴ると「はい。西川津荘です」と男の声が聞こえた。

「あのう、無藤といいますが、そちらに大森君はいますか」

男は半秒の間を置いて「夏か。俺や」と返してきた。大森の大きな声だ。今、松江駅にいることを伝えると大森はすぐに迎えに行ってやろうと声を弾ませた。そして、駅北口を出て郵便局の前で待っているように早口で言うと向こうから電話を切った。夏生が重い受話器を電話機のフックにかけると返却口に十円玉が二枚ジャランと落ちてきた。

松江の街は京都よりも時間がゆっくり進んでいるように感じた。駅前通りを歩く黄色い野球帽を被った小学生や駅に向かうスーツ姿の大人たちは時間に追われていなかった。自分たちが歩いたり走ったりして時間を進めているように夏生には見えた。目の前の通りを自動車が右に左に通り過ぎる。大森は通りのどちらから現れるのだろう。高校を卒業して一年と少しだ。一目見ればお互いにすぐ分かるはずだ。

目の前に軽自動車が止まった。運転手が助手席に体を倒し、ドア内側のクランクハンドルを回す。クイックイッと窓ガラスがドアの中に隠れると、窓枠から大森が顔を見せた。

「来るんなら、連絡しといてくれや。びっくりしたわ」

「すんすまん。急に会いたくなってん。ほやけど、車でお出迎えとは」

「先輩から借りてきた。早う乗れや」

同郷の人間同士だから、二人は生まれ育った越前大野の言葉になっていた。運転しながら大森は自分が今何をしているかをしゃべり続ける。旅の疲れを感じていた夏生は、相槌だけ打っていればよいことを有難く思った。大森の張った声は、彼の生活が充実していることを夏生に感じさせるに十分だった。

大森の下宿に着く。古い平屋の木造アパートだ。玄関から一本の廊下が伸び、その南側に並んだ木製のサッシから斜めに入る夕日が、廊下に並んだ部屋の壁をオレンジ色に照らしている。真っ直ぐの廊下には長屋のように部屋が七つ並び、そのうち六つが下宿生にあてがわれていた。玄関に最も近い部屋は共同の台所兼サロン部屋になっていた。

靴を脱いで廊下に立つと、部屋の並びはいつか写真で見たような昔の小さな小学校のようだ。大森の部屋は玄関から二番目にある。下宿生たちが共同利用するサロン部屋の隣だった。

「長旅で疲れたやろう。近くに定食屋があるで、まず飯食いに行こう」

「木造の建物っていいなあ。温かい感じがする」

「古いけどな。まあ、ここは住宅街やし結構静かや」

正方形の大森の部屋にはカーペットが敷かれ、机と椅子が窓際に置かれていた。本棚に目を移すと文庫本や古本に混じってピンクやクリーム色の紙ファイルが何冊か並んでいた。

「あのファイルは何なん」

「コピーや。雑誌やもう売ってない本のコピーを溜めてあるんや」

「はあ、勉強してるんやなぁ」

「そりゃ大学生やぞ。学問せんかったら学生でねぇわ」

相変わらずの一本気に夏生は笑った。

トントンと廊下を歩く音が止まると開けっぱなしの入り口にパジャマ姿の男が顔を見

せた。

「大森君、今、面子が一人足らんのやけど、やらんか」

事情が掴めない夏生に、大森は「これや」と牌を倒す真似をした。そして、今夜は友だちが泊まるから時間はないとパジャマに告げた。

「お友だちも一緒にどうや」

しつこいパジャマに大森は「せんと言ったらせん」と突っぱねた。麻雀と聞いて夏生はサオリを思い出した。松江に来てもサオリは夏生の中にいた。

定食屋で食事を済ませ銭湯に向かう。帰りに缶ビールを二缶ずつ買って部屋に戻った。隣のサロン部屋からは牌を混ぜる音が聞こえない。夏生たちに気を遣ってか、本当に面子が足りないか。大森は部屋の中央に新聞紙を敷き、その上に海老煎餅やさきイカを広げた。隣のサロン部屋には冷蔵庫があるが、ビールを入れておくと誰かが飲んでしまうという。大森は笑って自分の缶を新聞紙の上に置いた。

水滴が付いた缶ビールは少しぬるくなっていたが、銭湯帰りの二人は缶半分ほどを一気に飲み込んだ。

「変わった下宿やな」

「隣の部屋か」

大森はフンッと鼻で笑い残りのビールを飲み干した。サロン部屋のおかげで六人の下宿生は兄弟のような間柄になっているという。誰かが連れてくる友人は他の五人と顔見知りになり、友人になっていく。ただ六人には不文律があった。個人の部屋に長居しないこと。女性を泊まらせることはしないこと。この二つだ。しかし現に何人もの女子学生が西川津荘に出入りしていた。

「女の子ら、何しに来るんや」

野暮だとは分かりつつ夏生は大森に言う。

「セツルメントって知っているか。この下宿、なぜかセツルメントの事務所になってるんや」

「セツルメントって、貧民層を救う活動のセツルメントか」

夏生は自分の大学にもセツルメント運動に参加している学生がいることを知っていた。

「貧民層か。それは戦後から高度経済成長までのお話。今は地域の中に入って子どもたちの相手や。公民館や集会場なんかで勉強見たり、一緒に遊んだりしてるんや」

大森はそんな活動が楽しいという。サロン部屋では学生たちが集まって活動計画を作ったり、反省会をしたりするのだという。反省会では各自が持ち寄った食材を大鍋で煮て、それを頬張りながら議論をするのだと大森は続けた。

二缶目のビールのプルタブを起こすとプシュッと白い泡が新聞紙に飛んだ。夏生は缶から溢れ出る泡をジュジュッと吸いながらフーッと息を吐く。

「ところで夏は彼女いるんか」

「彼女かぁ。そう呼べる人はおらんなぁ。モーリィーは彼女いるんか」

「まあ、告白したのは先月やけど。ほやけど、それ以来サロン部屋によく来るようになったぞ。ほんで、セツルメントにも参加してる」

「可愛い娘か」

「それは主観の問題やな。明日、来るかも知れんぞ」

大森の生活は前を向いていると夏生は思う。大森の彼女に会ってみたいとも思った。

「いつまでおられるんや」

「明後日には帰ろうと思う」

「何や。一か月くらいおればいいのに。どうせ夏休みやろ」

「まあ。バイトもあるしな」

「そうか」と大森は笑い缶ビールを飲み干した。

「明日は、いろいろ連れてったるわ」

大森は立ち上がって部屋を出ていった。松江の夜は京都ほど暑くなかった。夏生は仰向けになって目を閉じる。瞼を通して感じる天井の灯りがだんだん小さくなっていった。

「朝やぞ」と大森にタオルケットを剥がされて夏生は目を覚ました。開けっ放しの入り口からは廊下の窓を通して朝日が入り、入り口左右の板壁は黒く見える。夏生はジーパンをはくと大森に促されて隣のサロン部屋に移った。サロン部屋には既に合計八人の男女が詰めていてパンを焼いたり、新聞を読んだりしている。ここの下宿生は六人のはず。何故八人なんだ。夏生はテーブルを囲んで腰を下ろしている若者たちを見回した。口の周りに髭を蓄えた長髪の学生に腕を引っ張られ夏生はその隣に腰を下ろした。大森は「何じゃ、今日も朝飯漁りに来てるんか」と言いながらトースターに食パンをセットした。Tシャツがはち切れんばかりの小太りの学生がへへへと頭を掻く。その横でカーリーへアの女子が大森に言う。

「モーリィー、いいでしょ。カツパン、昨日徹夜で案内チラシ作ってたんだよ」

「そういうわけでさぁ、トーストもう一枚ご馳走してくんないかなぁ」

女子学生の援護を受けて小太りの学生は大森に笑った。小太りのTシャツがカツパンだ。奴は来月に行う予定の納涼大会のチラシを作っていた。奴は朝飯どころか晩飯もよく漁りに来る。夏生の横で口髭がボソボソと話してくれた。「セツルメントですか」と夏生が聞くと口髭は微笑んで頷いた。

大森が夏生とカツパンにマーガリンを塗りたくったトーストを渡す。そして自分用のパンをトースターにセットしたところでサロンの入口近くにいる学生が大森に声をかけた。

「モーリィーさん、プッチョが見えたよ」

大森はトーストをかじる夏生にチラッと白い歯を見せてサロンを出て行った。テーブルを囲む学生たちはカツパンが作ってきた案内チラシを見ながらああやこうやと話している。その喧騒の中で口髭が夏生に囁いた。プッチョはモーリィーの彼女だ。一か月前くらいからカップルになった。彼女もセツルメントに参加している。なかなか根性のある女の子だ。口髭の途切れ途切れの話にトーストをかじりながら夏生は相槌を打った。

そこに大森がプッチョを連れて入ってきた。先ほどセットしたトーストを皿にのせると、二人並んでテーブルに着くために大森が強い口調で言った。

「カツパン、もっと向こうに詰めろや」

口調とは裏腹にニコニコ笑ってプッチョと腰を下ろした大森は、ここで初めて夏生を仲間たちに紹介した。

「俺の田舎の友人の無藤夏生君です。俺は夏と呼んでいます」

テーブルを囲む学生たちが夏生を見る。カツパンもトーストを持ったまま夏生を見る。

「お、おはようございます。無藤夏生です。今は京都にいます。昨日、大森君を訪ねてきました」

言い終わったところで、テーブルを囲む学生たちが「おお、俺は勝俣や」とか「ぼくは島田です」と言いながらテーブル越しに握手を求めてきた。カツパンを援護したカーリーヘアの女子学生も、左手にトーストを持ち替えたカツパンも右腕を伸ばしてきた。

朝食を終えると大森はプッチョと部屋を出ていき、戻ってくると夏生に用意するよう促した。下宿の前には昨日大森が迎えに使った軽自動車が停めてある。夏生が助手席のドアを閉めると大森は自動車をスタートさせた。

「あれっ、プッチョはどうした」

「帰した」

夏生は大森に朝食の礼を言いながらも、プッチョと一言も話さなかったことを加えた。

「プッチョなぁ。話せんね。話せんっちゅうか、手話で話すんや。中学生の頃から難聴で、今は補聴器使って何とか会話についていけるっちゅうとこや」

夏生はサロン部屋の仲間に混じってニコニコ笑いながらトーストを千切って食べていたプッチョを想い浮かべた。口髭の話を思い出す。なかなか根性のある女子だと聞いたことを大森に振ると、大森は一緒に受講している語学の話をした。

「ドイツ語やな。先生が三文ずつ音読させるんや。そんでプッチョに順番が回ってきた時、あの子どうしたと思う。はっきり発音できんでな、あの子いきなり席を立って自分が読むとこをチョークで黒板に書き始めたんや。もちろんテキスト見ないでやぞ。カリカリ書き終わってから、もやっとした発音でゆっくりと『筆談です』って言ったんやぞ」

ハンドルを握り真っ直ぐ前を見たままで話す大森の横顔は引き締まって見えた。夏生は返す言葉を探せなかった。

大森は続ける。セツルメントの活動は月に二回、第二と第四の日曜日に行われる。公民館や集会場を借りたり、神社の境内を使わせてもらったりして集まった子どもたちと過ごす。仲よくなるための簡単なゲームや手つなぎ鬼遊びから始めて、昼食材料の買い出しと調理、昼食が済むと少人数で遊ぶグループ、学生に勉強を見てもらうグループ、おしゃべりを続けるグループ、そして何もせずじっとみんなを見ている数人の子のかたまりに分かれ時間を過ごす。プッチョはいつも、何もせずじっとしている子たちの傍についているという。横の子がプッチョをつついて何かを話しかけるが、二人の間で会話は成り立たない。プッチョは「ごめんね。よく聞こえないの」と手話で返す。子どもはすぐにプッチョのことに気付く。すると胸に貼ってある名前の書かれたビニルテープをグイッと引っ張って「私は、ゆ、み、こ」って口だけ動かしてプッチョに伝える。すると、プッチョが右手の人差し指、中指、薬指を縦にして「ゆ」、そのまま横に倒して「み」、最後に親指以外の四本を遠くを見る時の庇みたいな形にして「こ」ってやって見せる。口も「ゆ」「み」「こ」って動かしながら右手を動かすと、その子も「ゆ、み、こ」ってやる。

「このやり取りの後、どうなると思う」

「さあな」

信号待ちで自動車を停止させると大森はサイドブレーキを引いて夏生を見て言った。

「二人で向き合って笑うんや」

夏生は何か大きな展開があるのかと思ったが、逆に純な自然さに気持ちが澄んでいくように感じた。

「モーリィーはプッチョのどこが好きなんや」

「よう分からんなぁ。あの子を見ていると一緒にいたいって思う。難聴やから俺が守ってやろうとか助けてやろうとか、そんなことは全然思わん。一緒にいるとホッとする。まあ、そんなことは今どうでもええやんか。これから出雲大社に行くぞ。今日は縁結びミニツアーや」

大森が運転する軽自動車は出雲市に向かって一畑電鉄北松江線に沿って走る。左手には朝日を反射する宍道湖が見えた。

九

七月から夏生たちの通う大学も夏休みに入るが、構内には体育系のサークル部員や学生自治会の幹部たちの姿が見えていた。サオリは帰省のために学生旅客運賃割引証を文学部事務室にもらいに来ている。手続きを待つ間、日本文学専攻掲示板に向かう。掲示板にはサークル夏雲の夏合宿を知らせるチラシが黒い綴じ紐で吊り下げられていた。十枚ほどのチラシは左肩に穴が開けられそこに綴じ紐が通されているので、千切って持って帰ることができた。もう誰かが千切ったのだろう、綴じ紐には千切られたチラシの破片が三角になって残っている。サオリも一枚千切る。チラシには夏休みからリーダーになる志垣の四角い文字が並んでいた。几帳面に大きさが揃えられた文字からは、これまで今出川が醸し出してきた親しみ易さは感じられない。サークルの雰囲気も変わるのだろう。サオリは思った。年度が替わればこの大学に自分はいないはずなのに、サークルの行方が気になった。

学割証を受け取るとサオリはバス停に向かって歩き出す。まだ正午前だというのにアスファルトから湧き上がる熱気が花柄のワンピースにこもる。街路樹にしがみ付いたクマゼミの声の中、通りの人たちは黙って白い日傘をかざしたり扇子を羽ばたかせたりして歩いている。暑いけど下宿まで歩こうか。帽子を持ってくればよかったのだがと、少し後悔してサオリは西大路通りに出た。

北野白梅町の交差点ではいつも信号待ちを食らう。通り西側のパチンコ店の軒に太陽から隠れるように立って青信号を待った。赤提灯と紫の暖簾が掛かっていない串一の玄関が見える。三週前のサークルの日、徒然草をレポートした夏生は反省会に来なかった。その時以来、夏生に会っていない。サークルに欠席理由も届いていない。講義で夏生に会ったという話も一回生から聞くことはなかった。パチンコ屋の軒先でサークルのチラシを見る。夏合宿は七月二十日から一週間、舞鶴で行われると書いてある。レポートを二本以上用意することが参加条件。合宿三日目と六日目の夜には夕涼みとバーベキューもある。参加希望者のみ文学共同研究室にあるサークルの名簿に「出」と記入することになっていた。サオリはチラシを二つに折り、それをまた二つに折って、今年は不参加だと力なくバッグの中に落とした。バッグの口を開いた時、事務室でもらった学割証が見えた。

サオリは歩き始める。そして、考えた。

夏生はどうしているのだろう。鴨川の後に入ったビヤホール、夏生は何かを失くしたような表情だった。学校は替わるけれど、それは貴方から遠ざかることじゃない。キャンパスで顔を合わせることはなくなるけれど、だからこそ、横に一緒に立っていてほしい思いは強くなる。

高く昇った太陽に正面から照らされながらサオリは西大路通りを下る。額に噴き出た粒の汗がこめかみに流れ銀縁眼鏡のテンプルを濡らした。

サオリは二日後には東京に帰省しなければならない。夏生と話はできなくてもいい。彼の顔だけでも見ておければ少しは安心できるかもしれない。夏生はアルバイトかもしれないな。

大将軍の交差点を東に入ると夏生の下宿が見えてくる。その下宿が建つT字路を右に折れて二十メートルも行けばサオリの下宿だ。サオリはT字路に立ち止まって端っこにある夏生の部屋を見上げた。灰色の壁にはめ込まれた半間幅のアルミサッシはピッタリ閉められている。窓ガラス内側の閉ざされた黄色いカーテンは、部屋の中に誰もいないことを伝えていた。サオリは自分の下宿に寄らず、東西に伸びる路地を東に向かって進んだ。

街道に出ると南側に並ぶ家並みは半二階の木造住宅だが、日光を遮って日陰の歩道を作ってくれていた。家並みに沿ってサオリは歩く。腕時計は正午を少し過ぎたところを指している。店に夏生がいたならば何か食べようか。それとも入り口から彼の顔だけ見て引き返そうか。花柄ワンピースの背中や腰辺りが汗で濡れているのを感じる。サオリは顔を上げた。天国飯店が見えた。出入り口に掛かった赤い暖簾の向こうにある店内は、眩しい日差しのおかげで暗く見える。一歩、二歩と店に近付くと暗かった店内が少しずつはっきり見えてきた。白衣を着た人が左に右に動いている。カウンターの前にあるスツールにはお客はいない。

天国飯店のある四つ辻に差し掛かった。サオリは速度を緩めず出入り口の暖簾の下を背を屈めてくぐった。

「いらっしゃい」

聞き覚えのあるおっちゃんの声だ。一歩店に踏み込んだ。昼食時だがお客はいなかった。サオリを見ておっちゃんは「あの時の」と笑みを浮かべる。

「あのう、無藤さんはアルバイトではないんですか」

厨房のダクトに掻き消されそうな声でサオリは言った。おっちゃんは一旦、息を飲み込んでから「そういうことかいな」と表情を緩める。

「無藤君はおらへんで。彼氏は、確か来週から店に入ってくれることになっとったはずや」

おっちゃんの笑顔にサオリは下を向いた。床には正方形の黄色いタイルが規則正しく並んでいる。タイルの整然とした並びが少し癪にさわった。

「そうですか。ありがとうございます」やっとそれだけ言うと、店の外に跳び出した。サオリの頭に押された赤い暖簾が小さく揺れていた。

この状況は「会うな」と言うメッセージなのだ。今来た街道を西に向かって歩きながらサオリはそう思おうと努める。けれども歩くほどに「会いたいんだ。会って今の気持ちを伝えたいんだ」とサオリは自分に追い立てられた。額の汗をハンカチで取りながら日陰を進む。天神川に掛かった橋を渡り、お地蔵様が祀られた祠を通り過ぎると夏生の下宿だ。二階の部屋に続く鉄製の階段の上り口には新聞受けがあった。左端の無藤と名札が貼られた箱には読まれないままの新聞が入っている。

その夜、サオリは夏生に宛てて手紙を書いた。

その水色の便箋を読み返すと、「どこまでも我儘な女なんだ。私は」と何故か可笑しくなった。サオリは便箋と夏生がサークルを欠席した日に出されたレポートを雑誌が入る大きさの紙袋に入れて糊で封をした。壁の時計はもうじき日付が変わることを伝えていた。

翌日、サオリはカナちゃんに会いに行った。絵本を読んでやったり、いっしょにホットケーキを焼いたりして時間を過ごす。もちろん、カードを使った数合わせゲームもやった。サオリはカナちゃんと母親に東京帰省のことを伝える。カナちゃんの母親は家庭教師が中断することよりもサオリの母親の体を心配してくれた。サオリは乗り物の絵本から新幹線の写真を見つけるとカナちゃんに言う。

「サァちゃんね、明日この電車に乗るんだよ」

富士山をバックに青いラインの入ったホワイトボディの新幹線を見て

「きをつけてね」

とカナちゃんは笑った。四十日近くこの子とは会わない。その間、この子は私のことを覚えていてくれるのだろうか。四十日会わなくても待っていてくれるだろうか。サオリはカナちゃんの白く大きな前歯を見ながら思う。

その日は母親の計らいで夕飯をご馳走になることになった。何がいいですかと母親に聞かれ、サオリは迷わずカナちゃんの大好物をと返事した。カナちゃんの喜ぶ顔を見て別れたかったのだ。

夕飯はカレーライスだった。その辛くないカレーライスをカナちゃんは大きな口を開けて頬張る。口の周りに付いたルーを手の甲で拭き取りながら食べる。カナちゃんの母親はそれを咎めなかった。横から手を出して拭いてやることもしなかった。カナちゃんが「おいしいねぇ」と言うと「美味しいねぇ。よかったねぇ」と笑う。そんな母娘を見てサオリは夏生から聞いた「みずいろ」学級の先生の話を思い出した。そして、この母親もカナちゃんの時間の中に入っているとサオリは思った。

時刻は午後の八時に近い。サオリは玄関で靴を履く。立ち上がって振り返るとカナちゃんと母親がいる。

「しばらくお休みをもらいます」

「お母さん、お大事にね」

こくんと頷いてからカナちゃんを見た。

「カナちゃん、また来るからね」

「しろいでんしゃにのらはるんやろう」

午前中に話したことをこの子はきちんと覚えている。やっぱりこの子とは離れたくない。サオリはそう思うと目の前が少しぼやけた。

「では、また。カレーごちそうさまでした。カナちゃん、おやすみなさい」

何とかこれだけ言えた。

「サァちゃん、おやすみぃ」

カナちゃんが振る白い掌を見ながらサオリは外に出た。

下宿に帰り布団に入るがサオリはなかなか寝付けなかった。寝返りを打つと東京行きの鞄とその上に乗せた夏生宛ての封筒がぼんやりと見える。まだ行ったことはないけれど、明日は夏生の部屋の前まで行ってみよう。扉は鍵がかかっているだろうが、どこか封筒を挟み込む隙間を見つけられればと思う。大家さんに渡してもらうこともできるが、大家さんは夏生がいついるのか知らないだろう。寝付けないサオリはラジオのスイッチをひねる。ＫＢＳ京都の深夜放送にチューニングするとパーソナリティーがファンからの葉書を読む声が聞こえてきた。自分でスイッチを入れたくせに「うるさいな」と思いボリュームを絞る。遠くで虫が鳴いているような音量の中、サオリは眠りに落ちた。

朝。サオリは部屋のコンセントからプラグを全部抜き取った。冷蔵庫がガタガタと震えるような音を立ててから静かになった。鞄の上の封筒を取るとサオリはサンダルを履いて夏生の下宿に向かう。午前七時過ぎの界隈は、昨夜までの熱気を少し残しながらもこれから蒸すように暑くなることを待っているようだ。

下宿一階の駐車場に乱雑に置かれた自転車やオートバイの横を通り、二階につながる鉄製の階段上り口まできた。見上げると、朝日を受けた青いポリカーボネートの波板が透明感を増し水の底にいるような気持ちになる。トン、トンと一段ずつ階段を上る。あと五段ほどというところで水色の屋根の下にあるコンクリート製の廊下が見えた。更に上がると右手に部屋の開き戸が並んでいるのが見えた。階段を上り切って右手を見ると夏生の部屋がある。開き戸にはめ込まれた型板ガラスの下には無藤と名札が貼られている。

カタッ、カタッとサンダルの音を立てサオリは開き戸の前に立った。トン、トンとノックする。返事はない。昨日から夏生は留守をしているのだと思った。封筒をどうしようか。ドアの左側には小さな採光窓があるが、ドアにも窓にも封筒を挟み込む隙間はなかった。ドアの前の地べたに置いたり壁に封筒を立てかけておいたりするのでは悲しい。もしもと思いドアノブを回してみた。ガチャガチャと鍵がかかった音しかしなかった。ふうっと息を吐いた時、左隣の部屋から出てくる人影が見えた。西山だ。サオリを見た西山は、ランニングシャツとトランクスだけで女性の前に立っている自分を恥じながら「無藤君なら、おれへんよ」と笑顔を作った。サオリが胸を隠すように持っている平たい封筒を見ながら、

「ぼくは西山といいます。無藤君と同じ大学に通ってんねんけど、無藤君なら今島根の友だちのとこへ行ってるよ。今日か明日辺り帰ってきよる言うとったけど、ほんまに帰ってきいひんと、アルバイトの学生がおらへんようになんねん」

「あのう、あなたも中華料理屋さんでアルバイトされてるんですか」

「そうやでぇ。天国飯店に誘ったのは俺やねん」

サオリは不精髭を生やした西山の柔らかい口調に安堵を覚えた。そして夏生にとって近しい人であることも感じ取った。ポリポリと髪の毛を掻く西山を見ながら、サオリは封筒を夏生に渡してもらえないかと思い切って頼んでみた。

「構へんよ。ところで、あなたは何方」

冷静さを欠いている自分に気付いてサオリは「ごめんなさい」と白い歯を見せる。自

分は日本文学専攻二回生であることや夏生と同じサークルに入っていることを伝えた。封筒の中身は夏生がサークルを欠席した日のレポートだと付け加えた。「お願いします」と西山に頭を下げサオリはカン、カンと階段を下りる。西山ならちゃんと渡してくれるだろう。手すりに手を這わせて階段を下りる。通りに出ると強くなった日差しにサオリの白いワンピースが光った。

サオリが京都駅に向かう頃、夏生は松江駅に向かっていた。大森が運転する軽自動車の助手席にはプッチョがいる。ハンドルを握る大森はプッチョにも聞き取れるように大きな声でゆっくりと昨日の話をする。出雲大社や須佐神社、日御碕灯台を回り、最後は松江の八重垣神社で締めくくったと伝えた。プッチョは手話を交えながら「えむむすびばかり」とエンジン音に負けないくらいの声で応じ、大森と夏生の笑いを誘った。前の座席に並ぶ二人を見て、この二人は縁結び祈願の必要はなかろうと夏生は思う。そしてなかなか沈まなかった八重垣神社鏡の池の和紙を想い浮かべた。

「この和紙に硬貨をのせて池の水に浮かべるんや。和紙に水が浸みてきて早く沈むと早く結ばれる。遅いとその逆や。何円硬貨をのせるかは思いの強さによるのかもな」

大森に説明されて池の底を覗き込むと、何枚もの白い和紙と銀や赤銅色の硬貨が沈んでいるのが見えた。

「モーリィーはやったことあるんか」

「俺は神頼みなんかせん。アタックあるのみや」

夏生は社務所で買った和紙に五十円玉をのせると、膝を折って静かに両手で和紙を水面に浮かべた。縁結びの神社だ。がっかりする結果にはならんだろうと思いながらも、少し手が震えた。浮かべた瞬間和紙に文字が浮かび上がる。「願望　達成する　北と西吉」。北と西の文字を見て夏生は京都の碁盤目を想う。西は今の下宿、北は来年サオリが移るであろう方角。和紙の表面に水が被さり、硬貨の重みで和紙が沈み始める。が、夏生ののせた五十円玉は和紙の右側にするすると滑り池の底に落ちた。硬貨を失った和紙は傾きながらゆっくりと沈んでいく。

「こりゃ、片思いやな」

「つまらん駄洒落言うなや」

大森に応戦しながらも夏生は、確かに片思いかもなと声を出さず笑った。

大森の勧めで帰りは山陰本線を使うことにした。普通列車のみで約十一時間。選択できる路線の中で最も電車賃が安かった。松江駅の出発時刻は午前八時半過ぎ。改札に続く構内は通勤の波が過ぎ去り閑散としている。夏生は京都の円町駅まで切符を買うと大森たちがいる駅待合室に向かった。列車発車まであと三十分。プラスチック製の長椅子に大森を挟んで三人が座る。

「もう何日かおられんのか」

「たぶん、明後日くらいからバイトが入ると思う。それに、もう切符を買った」

「ほんとはなぁ、プッチョも入れて話がしたかった。酒でも飲みながら」

大森は手話に筆談を加えプッチョに伝える。プッチョは大森の陰から顔を見せ夏生に笑いかける。そして、メモ帳にペンを走らせた。「私も話がしたかったです。大学では何を勉強しているのとか、好きな食べ物は何かとか、子どもは好きかとか」プッチョの書いたメモ帳を読む。柔らかい文字が並んでいる。文字と文字が透明の線でつながって、小川の流れのように見える。夏生は紙をめくって書き始めた。「日本文学を勉強しています」徒然草と書こうとして、止めた。「好きな食べ物は特にないです。お客に美味いと言ってもらいたい食べ物は天津飯」薫子と玄二が浮かぶ。「子どもは好きかどうか分かりません」と書きながら大森が話したセツルメントでのプッチョを想う。この子も自分の未来を見据えているのだな。サオリと同じだな。夏生は「また、いつか松江に来ます。ありがとう」と書いてプッチョにメモ帳を返した。

夏生のメモを見たプッチョは大森の頬を両手で挟んで自分の方へ向けた。そして右掌を立て、人差し指をお辞儀させて左斜め上に跳ね上げ、親指と人差し指、中指を伸ばして手の甲を見せていく。それを見ながら大森は「て、ん、し……」と声に出していく。プッチョの最後の動作は？マークだった。

「何で、天津飯なんやろうって」

大森の通訳を聞いて夏生はメモにペンを走らせる。「アルバイト先の店で、お客に作って出せる料理にしたいと練習中」と書いてプッチョに渡す。プッチョはメモを受け取ると夏生の文字の横に「頑張って。いつか食べてみたいよ」と書き、そのメモ紙を静かに剥がして夏生に手渡した。夏生の直線的な文字の横にプッチョの柔らかい文字が並んでいる。夏生はそのメモ紙を眉間の前で拝むようにし、ボタンシャツの胸ポケットに入れた。

「夏、ちょっと待っててくれ」

大森はプッチョの手を引いて駅待合室を出ていった。

あと五分で列車が発車する。夏生は改札口まで行き二人を待った。構内に山陰本線上り列車の到着を告げるアナウンスが流れる。「どこへ行ってもうたんや」と思った時、プッチョの手を引きながら小走りにやって来る大森が見えた。駅員が夏生の切符を改札する。夏生に次いで二人も入ってきた。

「入場券を買うてたんや」

「ここでいいのに。悪いな」

三人がホームに立つと列車がゆっくりと停車した。シューッと扉が開く。「ありがとう」と夏生は列車に乗って振り向いた。「これ、持っていけ」とプッチョが持っていた紙袋を大森は夏生の胸に押し付ける。「さあよならあら」プッチョが手を振ると扉が閉まった。紙袋の中には幕の内弁当と缶ビールが二缶入っていた。列車がゆっくりと動き出す。夏生は缶ビールのプルタブを開け、列車の壁に阻まれて声の届かなくなった二人に向けて「かんぱーい」と缶を突き上げた。二人は並んで白い歯を見せる。プッチョが大森の右腕を抱える。夏生はだんだん小さくなっていく二人を扉の窓に顔を押し付けながら見続けた。

ゴトンゴトンと揺れる列車の中は空いていた。座席に腰を下ろし夏生はもらった缶ビールをゴクリと飲んだ。胸ポケットにはプッチョのエールが書かれたメモ紙が入っている。目を瞑るとホームでぴったりと体を寄せる二人が現れた。「アタックあるのみや」八重垣神社鏡の池での大森の声も聞こえてきた。

京都の街はすっかり夜だった。夏生は市バスを大将軍で降り下宿に向かう。着替えの入った頭佗袋の他に、荷物は松江駅で買った土産の入った手提げ袋が一つ。西大路から東に入る路地は民家の灯りだけで薄暗い。しばらく歩けば下宿のあるT字路だ。夏生はT字路で立ち止まり下宿を見上げた。街灯に照らされた壁には半間幅の窓が見える。一昨日の朝、自分で締めてきたカーテンの黄色もぼんやり見える。その南隣は西山の部屋だ。西山の部屋の窓にはレースのカーテンが灯りに照らされて見えた。

鉄製の階段をコン、コンと遠慮して上り切ると、夏生は西山のドアをノックした。「どうぞ」と返答が聞こえた。遠くへ行ってきたからか、西山の声が懐かしく感じる。ドアを開けるとランニングシャツ一枚の西山が煙草の煙の下で分厚い本を読んでいた。三日前の夜と同じ景色であることが可笑しかった。

「戻りました」

西山は飯台にのせた本から目を離し「ちゃんと帰ってきたか」と笑った。夏生は手提げ袋から饅頭の箱を取り出し西山に差し出した。

「そんなとこ立っててんと中に入りやぁ」

「いいえ。この部屋に入ると息ができませんので」

それならと西山は立ち上がり、「おおきにな」と土産を受け取った。それから「おお、そうやった」と独り言ちて、飯台の下に散らばった雑誌やルーズリーフの中からバサバサと紙を何枚か取り上げた。その中のシフト表を見せながら
「自分の出番は次の日曜からや。まあ、七月は一週間ほどやけど、八月はお盆前までほぼ二週間ぶっ通しや。頼むで」

夏休み中のアルバイトは午前十時から午後九時までの十一時間。フルタイムだ。西山のシフト表に従ってアルバイトに出れば、アルバイト代は下宿代の四か月分くらいになる。「やります」と夏生はシフト表を受け取った。

「それからこれや」

西山は河原町通りの書店名が印刷されている雑誌大の紙封筒を夏生に手渡す。

「今朝なぁ、可愛い女性が自分にって持ってきよったで」

「はあ」

「自分が入っているサークルのレポートが中身や言うとったなぁ」

サオリだ。胸の鼓動が自分でも分かる。

「銀縁の丸い眼鏡をかけた子やったで。自分も隅に置けんのう」

西山はそこまで言うと夏生が手渡した饅頭の包みを解き始めた。

「ひょっとこの顔の饅頭や。自分も食うか」

「いや。俺はいいです。銭湯に行ってきます。おやすみなさい」

夏生は一礼してドアを閉めた。

鍵を回して開き戸を開ける。三日間、主のいなかった部屋からは固まりかけた熱い空気が外気と入れ替わろうと夏生に迫ってきた。踏み込んだ畳もミシッと熱い。夏生は開き戸と半間窓を全開にしてから部屋中央の座机に今朝サオリが持ってきたという封筒を置いた。

開封したい気持ちを抑え、小銭とタオルを持つと南湯へ向かう。階段を下りてT字路を南へ下る。二十メートルほど歩くと小さな四つ辻だ。その右手の建物はサオリの下宿。

見上げた二階の角に東向きと南向きの窓がある。そのどちらからも灯りは漏れていなかった。

封筒を届けた後、どこへ行ったのか。夏生は少し苛立ちながら南湯へ急いだ。


銭湯は混んでいた。いつもなら脱衣場備え付けのヘアドライヤーで髪を乾かすところだが、今日は濡れたまま外に出た。ムッとする熱気が夜になっても界隈に居座っている。

「この暑さなら、髪の毛も自然に乾くさ」夏生は首にタオルを架けたまま下宿に向かう。来た道を帰らず、西大路通りまで出て缶ビールを買った。ペタペタとビニルサンダルの音が妙に大きかった。

下宿の壁が見えた。五つある部屋のうち西山の部屋の窓だけが明るい。西山はまだランニングシャツ一枚で分厚い本を読み続けているのだろうか。土産の饅頭は気に入ってくれたろうか。西山は話を聞く時はいつだって手を止めてくれる。そして彼なりの意見を返してくれる。ただ、今は、サオリのことは話せないなと思う。何をどう切り出して話せばよいのか分からなかった。今はまだ心の中を整えることができないでいるのだ。

部屋に入る。夏生は「ふむむ」と息を吐いて畳の上に胡坐をかき、蚊取り線香に火をつけた。濃い緑の渦巻から灰色の煙が立ち上る。少しずつ広がって薄くなっていく煙は、窓から入る外気に押され、途中でくねっと揺れて壊れながら天井に散っていく。

蚊取り線香を入口近くに置いてから、座机に向かった。まずはビールだ。少し落ち着かねば。夏生はグイッ、グイッと喉を波打たせてビールを飲む。トンと缶を置くとゴーッと大きなげっぷが出た。もう一口含むとビールの気泡が口の中でぷつぷつと割れて痛く痒かった。口の中が膨らむ。今度はゴクンゴクンと静かに飲み込んだ。

蚊取り線香の渦巻一周目が四分の一ほど灰になって受け皿に落ちている。座机の上に置かれた封筒は折り返された口が糊付けされていて、中身を固く守っていた。夏生は封筒をそっと取り上げた。親指と人差し指の爪で封筒の頭をキュッ、キュッと摘まんでいく。封筒の端から端までに一本の溝ができた。夏生はできた溝に沿って封筒の頭を静かに破いていく。鋏を使うのでは、渡し主が自分に向けた気持ちを切り落としてしまうと思った。糊付けされた折り返しを剥がすのでは、厚くない紙封筒をあらぬ方向に破いてしまうと思った。

ポカッと口を開いた封筒の中から折り畳んだ紙を抜き取る。二つ折りにされたレポートが三本。どれも二、三枚のＢ４用紙がホチキスで留められている。本当にレポートが入っていたと思いながらも封筒の中をもう一度見た。水色の便箋が封筒の内側に貼り付いて残っている。

「あっ」

探し物を見つけたように夏生は便箋を封筒から抜き取った。すぐに便箋左下の沙央里に目が行く。サオリを沙央里と書くことを夏生は初めて知った。夏生は今更ながらに知る沙央里の三文字を今は誰にも伝えたくないと思った。

便箋に並んだ文字をゆっくりと追う。並んだ文字が次第にサオリの声になって聞こえてきた。

サークルに顔を見せないので心配です。私は八月半ばまで東京に帰っています。母の体調がすぐれないので家業の雀荘を手伝うことになりました。姉は嫁に行き、妹は受験を控え、手伝えるのは私だけというわけです。八月十六日の五山送り火はどうしても見たいので、十六日には京都に戻ります。夏生さんは私の横に一緒に立ってくれる人、この思いは変わりません。

七・二　沙央里

夏生様

読み終えると座机の上に便箋を置き、肘をついた。もう一度、便箋に並んだ数行をゆっくりと眼で追う。鴨川でサオリと話し、徒然草をレポートした日々から今日まで、本当は、自分はどうしたかったのか。夏生は便箋の前で膝を抱えた。

サオリと少し距離を置こうと思えたのは、歩けばすぐ会えるところに彼女がいたからだ。だが、いざ彼女が近くからいなくなってしまうと、芯から一人ぼっちでいることを感じた。

座机横の土産袋に目をやる。袋の中には饅頭がもう二箱。松江駅の土産物売り場で「西山さん、大家さん、それから……」と勝手に手が出て買った土産の箱だ。どちらの箱が大家に渡るのか。夏生は袋の中に行儀よく並んだ二つの箱を黙って見た。残るであろう一箱が今の自分に思えた。

夏生は寝ござの上に仰向けになって目を瞑る。そして「私の横に一緒に立ってくれる人」を心の中で呟いた。横に一緒に立つとはどうすることなのか。答えは浮かばない。

日曜日。夏生は天国飯店にいた。

六月は営業日の半分に入っていたが、少し間を置くと間違えずに動けるか少し不安になる。しかし杞憂だった。開店までの仕込みは頭より体が先に動いていく。餃子の餡にする野菜の水抜きをし、炊飯器からジャーへ飯を移し、餃子の餡を練って皮で包む。おっちゃんと一言も交わさずとも開店へ向かう準備が滑るように進んでいった。

支度飯は相変わらずの炒飯と鶏がら出し汁の味噌汁。具も豆腐で変化なし。味噌汁表面を覆い尽くす刻みニラの緑が朱色のカウンターと対照的だ。お決まりの支度飯が「頑張らんかい」と言っているよう。背筋が伸び、全身に力がみなぎる気がした。

日曜日の昼は必ずラッシュになる。夏生はラッシュの流れに逆らわず、少しでも無駄な動きをしないよう肩から力を抜いた。帰省しない学生が入ってくる。冷水の入ったコップをコンと起き注文を取る。

「餃子とラーメンと炒飯をお願いします」

「焼き飯、ラーメン、餃子」

夏生はおっちゃんの守備範囲を先に叫ぶ。まな板の上に炒飯用の皿を置くと同時に、まな板奥の空間からラーメン鉢を取り出す。翻って麺を茹でるお湯を張った中華鍋に点火。即、冷蔵庫前に横っ跳びして餃子のバットを取る。ラーメンを茹でるお湯はまだ微かにしか湯気を上げていない。夏生は横目でそれを認めると、点火した餃子鍋に今朝握った餃子を並べサラダ油を垂らす。左手の餃子バットを右手に持ち替え、冷蔵庫に納めて扉を閉める。冷蔵庫側に大きく傾いた体を左に傾け、左手で麺を取ると、湯気が少し勢い付いた鍋に投げ込んだ。右手には麺をすくう柄付き網がもたれている。鍋に入った麺を二度三度湯がくと、翻ってまな板の上のラーメン鉢にタレと旨味調味料を入れた。おっちゃんが作った焼き飯が皿に盛られる。レンゲを付け学生の前に置く。餃子の底がきつね色になるまでにはもう少し時間がほしい。そう感じてラーメンを再び湯がく。

「ラーメンはな、湯がくとお湯が落ち着くんや。それを三度したらあげんとあかん。のびてまう」おっちゃんに教えられたままのことをする。餃子はどうだ。摘まんで底を見る。十分なきつね色だ。餃子鍋に柄杓で水を入れ、顔にかかる熱い湯気に耐えながら鉄の蓋を被せる。ラーメンの鍋は三度目の沸騰だ。ズンドウから静かに鶏がらスープを柄杓ですくいラーメン鉢に移す。透明の醤油色のスープが鉢の中で回転しながらかさを増す。柄付き網で麺を残らずすくい上げお湯を切る。麺を慎重に鉢に浮かべると、柄付き網を鍋に投げる。茹でもやし、刻みネギ、ワカメそして薄い叉焼を一枚、鉢の中央から放射線状に並べて胡椒を一振り。鉢を両手で持って学生の前に置く。背後ではおっちゃんが餃子を皿に取り上げた。振り向いて皿を受け取り、学生に出す。すぐに次の客が入ってきた。冷水を出し注文を取る。注文の品をおっちゃんに叫びながらまな板に皿を置く。餃子が注文されれば餃子鍋に横っ跳びする。ラッシュはこれの連続だ。

シンクに溜まった洗い物を片付ける。洗い物が溜まったシンクを空っぽにしたのは、今日は三度目だ。白衣の袖でこめかみの汗を拭う。客の流れが途切れたかと壁の時計を見ると、時刻は午後二時に近かった。おっちゃんが夕刻以降に向けた仕込みを始める。何か仕事はないかと探すが、仕事はない。夏生は勝手口から出て、隣の居酒屋との間の狭い通路に丸椅子を出して腰を下ろした。七月初めの午後は暑い。けれども、狭い通路はダクトが音を立てる厨房の中より涼しく感じられた。厨房からはサクサクと玉ねぎが切られる音が聞こえる。夏生は餃子を握ろうと椅子から立ち上がった。

手間のかかる冷麺が連続して出た夜が終わった。おっちゃんはアルバイト代を夏生に渡すと、ニタリと笑って言った。

「先週、自分を訪ねて女の子が店に来よったで」

「はあ」

「いつやったか、三人ほどで店に来てくれた娘や。眼鏡をかけとったなぁ」

「はあ」

「はあやあらへん。で、その娘とは会えたんかいな」

「いえ」


サオリが自分に会うため天国飯店にまで来たとは。夏生は俯いた。

「ああ、それから、これ、おおきにな。カカアに見せる前に開けてまうとえらい怒りよるんや」

おっちゃんが笑いながら饅頭の箱を鞄に入れる。何よりも喜んで受け取ってもらえたことが嬉しかった。自分一人で封を開けたらば、どんな味がしたろうか。

夏生はアルバイト代をポケットにねじ込んで店を出た。インターバル明けの初日だったからか、体が少し重い。逆に頭は冴えていた。サオリが俺を訪ねて店に来た。おっちゃんと話すサオリの様子を厨房の中から、カウンターに座って、店の外から、いろんなアングルで想像してみた。想像はするが、サオリの表情はぼやけていた。

天神川の橋を渡りお地蔵様の祠を過ぎる。下宿一階の駐車場は古い蛍光灯が灯り、その下を小さな虫たちが舞っていた。鉄製階段の昇り口横には下宿生の新聞受けが設えられている。向かって左端は夏生の箱だ。新聞受けにはまだ誰にも読まれていない朝刊がすっぽりと納まっている。「おはようございます」夏生は呟いて朝刊を引き抜いた。その勢いに乗って葉書が一枚、ひらりと足下に落ちた。拾い上げると絵葉書だった。東京タワーの写真が印刷されて艶々と光っている。もしやと思い慌てて裏返す。宛名面の差出人は○で囲まれた沙だった。住所はない。その下半分には藍色のインクで書かれた文字が並んでいた。

島根は如何でしたか。しじみは食べたかな。
おじ様の話の通りなら、アルバイト中だね。
雀荘のおかげで夜型生活になりそうです。
東京も暑いよ。またね。

夏生は階段上り口から南湯へ向かう路地に出て初めの四つ辻まで走っていた。サオリがいるはずのない部屋は当たり前に灯りが点いていない。けれども、夏生は窓を見上げた。閉ざされたカーテンが透けて見える窓に、夏生はサオリを感じた。

部屋に入って座机の前に座った。引き出しの取っ手を手前に引くと、紙や小物が雑多に詰められている。夏生はサークル夏雲の部員録を探した。今出川の発案で五月に作った小冊子には部員の住所が載っている。部員一人に一ページ、出身地や現住所、今年取り組みたい作品から好きな食べ物、趣味まで今出川は書かせている。夏生はサオリのページを開いた。隣のページの鉄ちゃんとは対照的にサオリのページは空欄が目立っていた。氏名欄にはサオリ、現住所には大将軍としかない。誰もが帰省先の住所を書いてはいるがサオリは東京都としか書いていなかった。

夏生は一方通行になった絵葉書をそっと引き出しの中に納めた。

翌日の月曜日から定休日の火曜日を挟んで土曜日まで夏生のアルバイトは続いた。即金のアルバイト代を春から使っている紙袋の中にしまう。その中から銭湯代と缶ビール代を抜き取る。一日の生活で使うお金はこれだけだった。朝食は摂らない。というか、摂れない。目が覚めると午前九時を回っている。寝ぼけた頭と体で用意をしていると直ぐに下宿を出なければならない時刻になる。食事は天国飯店の支度飯と夕飯だけだったが、たまに炒飯や餃子を焼いて持って帰ることもあった。下宿に帰ると銭湯に行き、座机に置かれた本に向かうが直ぐに眠気に襲われる。アルバイトに費やされる生活の中では街に出る時間も、本や食べ物を買う時間もなかった。そんな生活の中、島根行きで一度は空っぽになった袋に千円札と硬貨が溜まっていった。

夏生は袋に増えていくアルバイト代に楽しみを感じなかった。終始気持ちを張っていなくてはならない十一時間から解放されて下宿に向かう時、夏生は早く新聞受けから新聞を抜き取りたいと思う。日曜日から三日、四日と日が経つにつれ「今日はサオリから便りが届いているのではないか」との期待に足早になった。

土曜日のアルバイトが終わった。お地蔵様の祠を過ぎて新聞受けを見た。朝刊と新聞受けに挟まれるように四角い紙の頭が見える。「来たか」夏生は四角い葉書を抜き取る。抜き取った葉書の表面は国会議事堂の写真だった。まるで修学旅行だなと笑い、絵葉書の宛名面に裏返す。

母の見舞いに行きました。白い顔で笑っていました。父が病室に残ると言い張るので、その日は姉と妹の三人で店をまわしました。隅田川の花火大会まであと二週間。

藍色のインクで書かれたサオリの文字を夏生は階段上り口で読む。そして、そのまま葉書を持ってサオリの下宿がある四つ辻まで歩いた。見上げた白い壁にはまった窓に灯りはない。返事はないと分かっているが、サオリのいない部屋の窓に「おおい」と呼びかけた。窓はサオリにつながるただ一つのものに思えた。

踵を返して歩き出す。その動作をもう一人の自分が見ている気がする。人恋しいとはこういうことか。夏生はそれを振り切るように駆け出した。

西山の部屋の灯りが消えていることに気付いて、トントンと音を立てて階段を上がる。部屋の開き戸にはメモ紙が貼られていた。「バイトお疲れさん。しばらくの間、田舎に帰る。体こわすなよ」の三文を読んで西山からだと分かった。西山に入れ替わるように真ん中とその隣の部屋には灯りが点いていた。同じ大学の学生だとは知っていたが、挨拶くらいしか交わしたことがない。ますます一人になった寂しさを打ち消そうと、夏生は暗い部屋の前でもう一度国会議事堂の絵葉書を見た。

南湯から帰ると、毎日少しずつ抜け切らないで溜まっていった疲れが体を重く感じさせた。煙の上がる蚊取り線香を入り口近くに移し、部屋の中央に布団を敷く。乾いたバスタオルを腹に被せ天井の蛍光灯を常夜灯に切り替えた。目を瞑るが眠気はやって来ない。背中から腰に掛けて軽い痛みがある。しかし、六営業日をフルタイムでやり通せた快い痛みでもあった。

ラジオもテレビもない夏生の部屋には音がなかった。

「私の横に一緒に立ってくれる人」水色の便箋に書かれたサオリの言葉を思い出す。松江駅を発つ時の大森とプッチョが浮かんだ。天国飯店のカウンター越しに並んで座る玄二と薫子も見えた。

遠く離れていても横に立つことはできるのか……。夏生は寝返りを打った。

十

八月になった。今日から十三日までの十一営業日、夏生は天国飯店に入る。十四、十五の二日間は天国飯店もお盆休みだ。この二日間はおっちゃんが家族のために店を閉めると聞いていた。毎年のように家族で南紀へ海水浴に行くらしい。サオリが上洛するまでの二週間、ひたすらアルバイトに精を出そうと夏生は考えた。

八月初日の開店前、おっちゃんと夏生は並んで支度飯を掻き込んでいた。

「七月は何しよったんや。彼女には会えたんかいな」

おっちゃんは相変わらずサオリのことを追求する。

「いえ。彼女は東京に帰っています。葉書が来ました」

「ほう。東京の娘かいな。どおりで垢抜けしたとこがある思うたわ」

サオリのことを何も隠す必要はない。そう夏生は思う。家業の雀荘を手伝っていることも伝えた。

「お袋さんが入院中で、親父さんと店を回しているそうです」

「若いのに、なかなか感心な娘さんやなあ。自分には勿体ないで」

夏生は「ふふふ」と笑いながら、おっちゃんの言葉を真っ直ぐ受け止めた。

「勿体ないも何も、俺は、まだ気持ちをはっきり伝えられてないんです」

「何や、自分は告白してへんのかいな。罪作りな兄ぃやなあ。せやけど、あの娘の気持ちは真っ直ぐやったでぇ」

夏生は炒飯を二口頬ばってモグモグと噛むと、レンゲでニラの浮いた味噌汁をすくってズズッとすすった。夏生の半分の量も食べないおっちゃんは、爪楊枝で前歯をヒーヒー掃除している。

「俺、あの娘のこと大事にしたいんですけど、どうしたらいいのかよう分からんです」

「自分は現代っ子みたいな顔しておっても、わしらの若い頃と何も違わんのう」

おっちゃんは空になった皿を重ねてスツールから腰を浮かせた。

「わしも偉そうなことは言えへんけどな、女は男にいつも傍にいてほしい思うてるもんや」

自分の台詞に恥ずかしかったか、おっちゃんは呟いて夏生から目を逸らせた。

夏生は二枚目の葉書にあったサオリの父のことを思い出した。そして、三姉妹は父親を残した病室の戸を音を立てずに閉めたのだろうと思った。

おっちゃんが言うには二月と八月はニッパチと呼ばれ売り上げが落ちるらしい。どんな業界にも当てはまると言うわけではないが、天国飯店には当てはまるという。

「八月はなあ、学生さんがいいひんね。そんで暑い」

カウンター席にはクーラーの冷風がそよいでいるが、厨房の中まで届かない。火力の強いガスを使うために二台のダクトが換気をしていても、中は蒸し風呂のような感じになる。

なるほどニッパチだからか平日だからか、昼でも目の回るようなラッシュにならない。帰省しない学生たちや肉体労働者たちが入れ替わりやっては来るがカウンター席が埋まることはなかった。料理も炒飯や天津飯などの食べやすい料理や酢豚、肉団子といった甘酸っぱいものがよく出た。手間のかかる冷麺にも余裕を持って叉焼や錦糸卵、キュウリを盛り付けることができた。

午後二時を回ると、街全体が昼寝をしているかのように客足がぴたりと止まった。夏生は餃子を握り、おっちゃんは珍しく野菜を切らずキュウリの酢醤油漬けを作り始めた。洗ったキュウリを太めのスティック状に切っていき、それらを深型角バットに入れた酢醤油に漬けていく。冷蔵庫の中の浸かり過ぎたものをおっちゃんは一切れ摘まみ

「ひぇーっ、酸っぱ」と悲鳴を上げていた。

「いらっしゃい」

　おっちゃんの声に餃子バットから顔を上げると男が二人、スツールに腰を下ろすところだった。夏生が冷水を運んだ二人は、天満組のアフロと玄二だった。真夏だというのに二人は胸の開けた開襟シャツの上に白い上着をはおっている。

「兄ちゃん、ビールや。玄の字は」

「ジンギスカン定食」

「おう、兄ちゃん、グラスは二つや」

　マトンを炒め始めたおっちゃんを背に、夏生は瓶ビールとグラスを二人に出した。アフロは「おっ」と自ら瓶を持ち玄二のグラスにビールを注いだ。「おおきに」と呟いて玄二はそれを受けた。玄二のグラスを満たすと、アフロは自分のグラスにもビールを注ぎそのままグーッと飲み干した。

　出来上がったジンギスカン定食を玄二に出す。「いただきます」とこれまた小さな声を発してから玄二は黙々と飯を腹に詰め込んだ。二人に会話はない。玄二が定食を食べ終わると、アフロはスツールから下り千円札をカウンターに放った。釣りの三百円をレジスターから出そうとする夏生に「釣りは要らんで」と一言いい、玄二を見た。スツールから下りた玄二はチラリと夏生を見、そしておっちゃんに「ごちそうさんでした」と頭を下げて店を出ていった。

「何や。何ぞあったんかいな」

おっちゃんには応えず、グラスや皿を下げながら西側の出入り口からまだ見える二人の後ろ姿を夏生は追った。アフロの一歩後ろをゆっくり付いていく玄二の背中が見えた。

その後客足の途絶えた店で、おっちゃんは野菜や肉の在庫点検をする。普通なら、その後八百屋や肉屋への注文に移るところだが、おっちゃんは勝手口近くの丸椅子にドッカと腰を下ろした。夏生は続けて餃子を握る。冷蔵庫の中のバットは三枚。もう一枚も握れば余裕を持って夜のラッシュを迎えられる。

「自分は、トマト好きか」

おっちゃんの唐突な問いかけに夏生は思わず手を止める。

「はい。好きです」

「昨日、田舎の兄貴が来よってな。取れたてのトマトも持ってきよった」

おっちゃんは椅子から腰を浮かし、冷蔵庫の扉を開けると中から真っ赤なトマトを二つ取り出した。そしてはち切れんばかりのトマトを夏生に差し出した。餃子の手を止め夏生は「ありがとうございます」と受け取った。おっちゃんは、もうかぶり付いている。シャブルッと汁を落とすまいと音を立ててすするが、トマトを持ったおっちゃんの右肘にはトマトの果汁が垂れていた。夏生は透明感のあるトマトの肌を見る。頬に近付けるとヒヤリと冷気が伝わってきた。シャブルッとかぶりつく。熟れたトマトの果汁が幾筋もの線になって夏生の顎先に向かって垂れ落ちた。全く酸っぱくない。むしろ甘い。シャブルッ、シャブルッ夏生はトマトを持った自分の指まで噛み付く勢いで果肉を口に入れた。

おっちゃんは緑のヘタをゴミ箱に投げ入れて笑った。

「まだあるさかいな。一日一個ずつや」

夏生は子どもの頃の川遊びを思い出していた。石垣が組まれた堤防の下からは冷たい湧き水がボコボコと湧いていて、そこでトマトやキュウリを冷やしておく。水遊びに飽きると冷やしておいた真っ赤なトマトや緑のキュウリをかじるのだった。

その夜、サオリから絵葉書が届いていた。三週間ぶりの絵葉書は隅田川の花火が描かれていた。貰わないでいると寂しさが薄れていくものだが、三週間ぶりの絵葉書は薄れかけていた寂しさを思い出させた。

一週間もすれば、母は退院できそうです。
昨日、妹が彼氏を連れてきました。頼りない
顔をした子だったけど、妹はそこがいいのだと
言っていました。三人で西瓜を食べたよ。

東京で西瓜を食べるサオリ、京都でトマトをかじる自分、どちらも赤く冷たい。相変わらず差し出し元のない葉書。その一方通行の葉書を見ながら夏生は立ち止まる。頑なに返信を受けないことで、サオリは自分自身を保っているのだろうか。今の自分がサオリに対してできること。それは、一方通行を静かに受け入れること。夏生は心の中で自分の気持ちを言葉にした。

定休日を一日挟み、夏生のアルバイトは七日目を迎えていた。お盆を一週間後に控え帰省する学生も増え出した。十二時少し前に開店しても客はちらりほらりとしかやって来ない。

「客が来いひん時、どこを見ているといいと思う」

ゴーッと唸るダクトの音に混じっておっちゃんが言う。夏生はおっちゃんの横で同じように腕組みしながら考えた。

「答えは一つや。店の入り口だけを見る。来んかい、来んかいと頭ん中で思いながら入り口を見るんや」

西側出入口には金色の陽光が射している。暖簾の下から見える街道のアスファルトも眩しい。

「念じていると、客は来るものですか」

おっちゃんは「ふふふ」と笑う。そして付け加えた。客が来ないといって、店の中で新聞や雑誌を読んでいると店は死ぬのだそうだ。店員の根性は出入り口から外に出て客を捕まえる。新聞雑誌を読んでいると、店員の気持ちは店の中で渦まくだけで、客は店を抵抗なく素通りしてしまうと、おっちゃんは言う。

「そんなことあるかいな思うやろ」

「いえ、分かる気がします。店って店員で決まるって感じたことありますよ。店の構えだけで入りたくなる店もあるって思ったこともあります」

おっちゃんは満足そうに微笑んだ。

その後客が三組、ぞろぞろと来店した。

「特製酢豚と飯」

特製酢豚は単品で七百円。今日の一番客が天国飯店で一番高いものを注文した。その次に入ってきた二人組は芙蓉蟹と唐揚げ、最後の学生は八宝ラーメンを注文した。夏生はタイミングを見計らいながらも、ラーメンを茹でる鍋に点火。おっちゃんは豚ロースをスティック状に切り衣を付けて揚げている。その間、熱いラードに通したむきエビを溶き卵に入れて芙蓉蟹に取り掛かる。芙蓉蟹だが蟹は入らない。プリッとしたむきエビが入る。夏生はまな板に皿を出し、八宝ラーメンの麺を湯気が立ち始めた鍋にほぐしながら入れた。酢豚も芙蓉蟹も甘酢餡を使う。タイミングとしては芙蓉蟹が早い。おっちゃんは中華鍋の中でゆっくり回転する黄色い芙蓉蟹を皿に移すと、隣のコンロで仕上がった豚ロースを油切りポットにすくい上げた。そして芙蓉蟹用の甘酢餡を作る。細切り人参と輪切りネギを溶き片栗でとろけさせた甘酢餡を黄色く丸い芙蓉蟹に垂らすと、即、鍋を洗い酢豚の仕上げに取り掛かった。餡を洗い落とした中華鍋に液化ラードを入れ、そこに緑のピーマン、朱色の人参、白い玉ねぎを投入してブクブクと熱を通す。玉ねぎに透明感が増した時、おっちゃんは豚ロースで温まった隣の油に鶏の唐揚げを入れ始めた。それが終わると、中華鍋のラードの中で熱の通った野菜たちを油こしに移し、空にした鍋に甘酢を入れる。そして、茶色の甘酢にカリカリと揚がった豚ロースの薄茶色とジリジリ油の音を立て続ける緑、朱、白三色の野菜たちを入れ玉杓子で一回、二回と回して溶き片栗で整えた。ジャーッと音を立てて皿に盛られる特製酢豚は、甘酸っぱさに加え豚ロースの衣の香ばしい香りを放っている。それを見て夏生は丼に白米を盛る。

鶏の唐揚げも仕上がった。夏生は芙蓉蟹の横に唐揚げを置くと、客の注文に応じてビールとグラスを置いた。振り向けばおっちゃんは八宝菜に取り掛かっている。ラーメンを茹でる鍋はもう二回沸騰している。冷水を注ぎ足して麺を締めた。おっちゃんが、八宝菜に水溶き片栗を混ぜている。夏生はタレと旨味調味料の入った大きな目のラーメン鉢に鶏がらスープを入れ、鍋から麺をすくった。透明な醤油味スープに黄色い麺が浮かぶ。おっちゃんが出来上がった八宝菜をラーメン鉢に移す。薄黄緑の白菜や白い玉ねぎ、薄茶色の豚肉、朱色の人参、緑のピーマンとピンク色になったむきエビが餡で固まって麺を覆い尽くした。八宝ラーメンを出すと、鍋を洗い終わったおっちゃんとチラッと目が合った。「念じれば来るやろ」おっちゃんの目は笑っていた。

三組の売り上げは合計二千三百五十円。「この調子が二時間続けば今日は店仕舞いや」おっちゃんは本気ともつかない顔付きだ。しかし、午後二時を過ぎる頃まで、やって来た客は八組。平均三百円の注文で、開店時に入って来た三組と変わらない売上額だった。

「やっぱ、ニッパチはニッパチやな。自分、トマト食うか」

気をとり直そうとするおっちゃんに夏生は「はい」と笑顔で応えた。

減らない餃子を握るわけにもいかず、夏生は勝手口から丸椅子を出して腰を下ろした。おっちゃんはこんな時にでもと、普段はなかなか手を付けられないガスコンロ周りの汚れを取り始めている。壁時計は午後二時半。賄いの夕飯まであと二時間といったところだ。

椅子に腰かけ、隣の居酒屋の壁に背を預けている夏生の視界に赤いものが動いた。左手にある街道を誰かが通ったのだった。厨房に目を移すとおっちゃんが「いらっしゃい」と冷水器の方へ動くところが見えた。夏生は椅子から跳び上がり厨房に戻る。「何しましょう」とおっちゃんがおいたグラスの前には赤いTシャツを着た薫子が座っていた。

「何しょっかなあ」

薫子は天津飯とか餃子とか、いつもテンポよく注文する。しかし今日は、天井から吊り下げられたメニュー板を見ながら二人を待たせた。

「何や、腹へってへんのかいな」

ううんと頭を横に振ってから薫子は夏生を見た。

「酢豚ちょうだい」

「酢豚」

おっちゃんに向けて夏生は叫ぶ。店の中には三人きりだが、ここはいつも通りに叫ぶべきだと夏生は思う。それに呼応して「酢豚」とおっちゃんが低く復唱する。豚バラの唐揚げはたっぷり仕込んであり、液化ラードで熱を通すだけでよい。そのラードの中にピーマン、人参、玉ねぎをおっちゃんは投入する。野菜が少し多いように夏生には見えた。

甘酢餡に絡んだ酢豚の具材がジャーッと音を立てて皿に盛られる。甘酸っぱい湯気が立つ酢豚を薫子に出し「飯、どうしますか」と小声で聞いた。

「ううん。ご飯はええわ。その代わり、ビールちょうだい」

薫子が店でビールを飲むところを見たことがない。しかも、まだ真っ昼間だ。鍋を洗い終わったおっちゃんにも笑顔はなかった。夏生がビールを出すと、薫子は「おっちゃんも飲む」と瓶の口をおっちゃんに向けた。おっちゃんは、笑いながら右手を顔の前で左右に振った。

「そりゃそうやねぇ。夏ちゃん、うちにビール注いでくれはるぅ」

夏生は言われるままに、薫子が持つグラスにビールを注いだ。薫子は注がれている間「うちら、いっつも酔っぱらいの客にお酒注いでんねん。人様から注いでもらうと美味しいやろうなぁ」とグラスを昇っていく金色の液体を見つめた。表面張力で盛り上がった白い泡を暫く眺めてから「ほな」と薫子はグラスに唇を当てた。クーッと飲み干すと「ふん」と何かを思い出したように鼻で笑い、割り箸を取った。

薫子は豚バラを頬張ると三度四度口を動かす。閉じてやや尖った唇に甘酢餡が付いて光って見えた。夏生は気付いた。薫子は中指を割り箸の間に入れ、その中指と人差し指、

十

薬指とで上下の箸を持ち、親指で二本の箸を軽く押さえている。一度摘まんだ野菜や豚バラを皿に落とすことはない。薫子の前の酢豚は見る見る内に半分になっていった。薫子は自分でビールを注ぐと半分ほど飲んで「はーっ」とグラスをカウンターに置いた。

「おっちゃんも、夏ちゃんも少しだけ、うちの話聞いてくれはるぅ」

「何や、どないしたんや。次のお客が来はるまでやったら時間はあるでぇ」

西側出入口から差し込んでいた陽光は丸みを帯び、街道西側にある家々が作る影で店の中は薄暗くなっていた。反対に客席天井の蛍光灯が存在を示し始めている。話を聞いてほしいと言ったくせに薫子はしばらく頬杖をつき視線をカウンターに落としていた。

「ふーん」と顔を上げると薫子は言った。

「玄ちゃん、警察に捕まらはってん」

そう言うと、薫子は残ったビールを一気に呷った。「本当は捕まったん違うて、自分から警察に出頭したんやけど」と浮いた視線で薫子は続けた。

薫子と玄二が勤めるカラオケバー葵は天満組の息がかかった店だ。開店から三年ほどは純粋なカラオケバーだったが、客筋を見た幹部が店の奥の部屋にポーカーゲーム機を設え賭博を始めたのだった。警察の風俗取り締まり強化により葵にも捜査が入り、「責任者」ということで玄二が出頭、その後すぐに葵は営業を停止した。

「でな、うち仕事がなくなってしもうてん。葵は営業止めるし、ほかに勤めるとこないし。ほんで、玄ちゃん捕まってもうたさかい、天満組の人がアパートから出ていけ言わはるん」

化粧をしない薫子の肌は透き通って白かった。わかば荘の奥の部屋から玄二に急かされて出てきたチャイナドレスの薫子より、カウンターで頬杖をつく彼女の方が夏生には瑞々しく見えた。

「さよかあ。ほやけんども、これからどないするんや」

おっちゃんの言葉には親身さが滲んでいた。薫子はカウンターに肘をつき、両手で顔を覆ったままおっちゃんの言葉を聞いている。ゆっくり両手をカウンターに戻すと、

「おっちゃん、おおきに」

薫子は頬を伝う涙に構わず、空のグラスにビールを注いだ。薫子の涙は何に向けられた涙か。夏生は赤いTシャツの女を見ながら思う。

宮津旅行から帰ってから、玄二は薫子に伝えたという。組には金が必要や。けど、賭博はご法度。俺が泥を被る。いや、「被れ」言われた。その代わり、出所した時には幹

部候補や。そうなりゃ、きちんとした家に一緒に棲める。

「うちなぁ、組から抜けてほしい頼んだん」

薫子はTシャツをめくり上げて涙を拭いた。組と薫子を天秤に掛けることなぞできん。どっちが欠けてもあかん。ワイはワイでなくなる。何度頼んでも玄二の答えは変わらなかったという。

「でな、あんたがおらん間、うちはどうしてたらええのんって聞いたんや」

薫子の頬にまた一筋涙が滑った。おっちゃんは瓶に残ったビールを薫子のグラスに注いでやる。皿に残った酢豚からはもう湯気が上がっていない。野菜も油を通した時の張りをなくし、豚バラの衣は甘酢餡と同じ色に変わっていた。ただ、割り箸だけはきちんと揃えられて、その先端が皿の端に申し訳なさそうに掛けられている。

「待っててほしいんやて。……何年待つんか分からへんけど、うちは一日でも待つのは嫌や。一緒におられんのが一番嫌や。……そう言うてん」

おっちゃんも夏生も視線を下げたまま薫子の話を聞いていた。

沈黙を破るように、北側出入り口から男の子が入ってきた。

「餃子三人前とな、唐揚げ二人前、お持ち帰りや」

カウンターからやっと顔を見せて男の子はハキハキと注文を伝えた。

「『お持ち帰り』はな、おっちゃんらが言う時や。坊が言わはる時は、『持ち帰り』言うんやで」

おっちゃんはニコニコ笑いながら唐揚げの準備をする。男の子は、このおっちゃん何言うとんねんと睨み返した。

「おっちゃんも、夏ちゃんもおおきに」

薫子はスツールから下りると千円札をカウンターに置いた。夏生が釣りを出すと「話聞いてくれた代や」と店を出ていった。

夕方以降もラッシュは訪れなかった。

店を閉める前、おっちゃんはレジに向かって総売り上げが印字されるボタンを押す。チンと小さなベルが鳴ると、おっちゃんは個々の売り上げが印字されたロールペーパーを根元から引き千切る。引き千切られた根元の数字が本日の総売り上げ額だ。おっちゃんはチラリと数字を見てから「チッ」と小さく舌打ちした。そして、ドロワーから千円札と硬貨を摘まみ出して夏生に渡す。今日の売り上げが多くなかったことは体の疲労度で夏生にも分かる。けれども、おっちゃんは「明日も頼むで」と笑顔だ。夏生は受け取った紙幣と硬貨にいつもより重さを感じながら礼を言って店を出た。
お地蔵様の祠を越して鉄製階段の上り口で止まる。新聞受けを見る。今朝も読めなかった朝刊と一緒にサオリからの葉書が入っていた。前の葉書から一週間しか経っていないが、待ち遠しさは一週間前のそれを勝っていた。抜き取った葉書には新宿駅西口の高層ビル群の写真がテカテカと光っている。高層ビルが建つ都市にサオリは住んでいる。彼女の生まれた街も生い立ちも知らないが、自分の知らない遠い所の人という感覚を夏生は今も持ち続けていた。宛名面に引っ繰り返すといつもの藍色のインクで書かれた文字が並んでいた。

十

カナちゃんと電話で話しました。
一か月以上会っていないのに覚えていてくれたよ。
嬉しかった。
母が退院しました。もう少し店を手伝います。
大文字の送り火、一緒に見られるといいなあ。

大文字の送り火は八月十六日。夏生の下宿から西大路通りに出て、北に向かって二十分も歩けば左大文字が大きく見える。いつもは大の字の茶色い山肌が木々の緑の中に見えているが、十六日の夜は真っ黒の山肌に橙色の文字が浮かび上がるのだろう。夏生は写真でしか見たことのない送り火を想像した。そしてもう一度葉書を読み返した。サオリの心はもう京都を向いている。高層ビルの写真の裏に書かれた五行の文を読んで夏生はそう思った。

階段を上り切ると西山の部屋に灯りが点いていた。夏生は迷わずドアをノックする。

「どうぞ」の声を聞いて開き戸を開けた。飯台を挟んで西山と女性が一人、夏生を迎えた。

「こ、こんばんは」

「何を慌ててんねん。今日はタバコ吸うてへんし、中入れるやろ。上がれや」

サンダルを脱いで二人がいる飯台の前に座る。花柄のTシャツにデニムのショートパンツ、髪をふっさりと一つ結びにした女性と目が合った。

「夏生さんやねぇ。私はミチルといいます」

「ああ、無藤です。無藤夏生です」

ミチルは大きな目をしていた。その目にグッと見据えられ夏生は下を向いた。

「七月に帰った時、ホームの奉仕作業に出たんや。そしたらまたミチルと会うてなあ。彼女も夏休みやから、一緒に飲み食いしたり話したりしてた結果がこれや」

ミチルは冷蔵庫の麦茶をコップに注いで夏生の前にトンと置いた。

「久司さんが京都に遊びに来ないかって誘ってくれたんです。俺の汚い部屋でよければ休んでもろうても構へんでえって。で、実際来てみたら足の踏み場もないくらい本やら雑誌やらシャツが散らばっていて畳が見えなかったのよ」

ミチルの呆れる顔を想い浮かべ夏生は思わず噴き出した。そして今更ながら部屋がすっきりと整頓されていることに気が付いた。西山は懐が深い。ミチルにあれこれと指図されながらも、嬉しそうに応じていたのだろう。

飯台の向こう側に並んで座る二人は落ち着いて見える。そうではあるが、二人でいること以上を望まないピチピチした眩しいものを夏生は感じた。

ミチルが出してくれた麦茶をぐうっと飲んだ。冷たい麦茶が体に中に浸み込む。トンと飯台にコップを置く。

「無藤、葉書か」

床に置いた葉書に気付いた西山が言う。夏生は全てを晒して構わないと思った。

「ええ、西山さんが受け取ってくれた封筒を持ってきた女の人からです」

夏生から見る西山とミチルは何年も一緒に暮らしているように自然だ。そんな二人に、気持ちが落ち着くなり、夏生はサオリの帰省の理由から話し始め、これで四通葉書をもらったことも伝えた。西山の「読ませてもらってもええか」に応え夏生は二人に高層ビル群の絵葉書を差し出した。

「藍色のインク、素敵ね」

ミチルに一呼吸おいて、読み終わった西山も言う。

「自分はほんま幸せ者やのう。送り火は一緒に見に行くんやろうな」

笑う二人に夏生は「そうしたいです」と頭を掻いた。

「そりゃ、絶対行かなあかんで。大きな炎って何とも言えん力がある。広隆寺の菩薩さんの前に行くと、『すんまへん。俺悪いことといっぱいしてきました。許してください』って思わず素になってまうんやけど、送り火の炎を見ても何かよう似た気持ちになったなあ」

「ああ、やっぱり悪いことといっぱいやって来たんだ」

ミチルの突っ込みに西山も夏生も笑った。銭湯に行ってきますと立ち上がった夏生に西山は言う。

「ああ、無藤君。この娘、ちゃんとホテルに泊まるさかい。余計なこと考えんでええで」

経験のないことを振られ、夏生は西山の部屋の天井を見ながら部屋を出た。

十

夏生が割り当てられたシフトはあと四日で終わる。天国飯店が盆休みに入る前日が最終日だった。八月一日から十三日まで、生活時間は天国飯店のアルバイトに費やされた。銭湯から帰ってからの時間を読書に当てようと思っていたが、座机の上に開かれた小さな活字の本はなかなかページが進まなかった。

八月十三日は快晴だった。鉄製階段を下りると新聞受けに朝刊がある。夏生はそれには触れず街道に出た。太陽は既に高い。暑い日になりそうな空気を感じながら、夏生は夏休み最後のアルバイトをきっちり勤め上げようと息を大きく吸い込んだ。

お盆前の店はさすがに客が少ない。シンクに洗い物が溜まるラッシュもまだない。おっちゃんは全てお見通しの態で、明日からの家族旅行の準備をするほどだった。旅行に持っていく叉焼の出来具合や、冷凍にした鶏肉やエビの数を確認している。

「明日から、旅行ですね」

「わしゃあ、一年中この店の中や。たんまに家族と一緒にいんと『あんた、誰や』言われる」

おっちゃんの表情は柔らかい。客足が鈍いことやおっちゃんの気持ちが家族に向いていることから夏生は自分を遠ざけようとした。いつ客が来ても、ラッシュになっても素早く動ける自分であろうと気持ちを張った。

夕方の賄いを食べるおっちゃんの横で夏生は餃子を握る。夏至を迎えたのは二か月ほど前のこと。二つの出入り口や格子の入った窓から差し込む夕日も、照り返しを求める力を失いつつある。おっちゃんはラーメンの麺をスープの中で揺らす。揺らした麺を数本すくい上げてズズッと吸い込む。そして、ビビビと鉢からスープをすすった。透明のスープを通して、まだ麺が鉢の底の方に残っているのが見える。客がいない店にはダクトの音だけが響いていた。

「こんちは」

二人が顔を上げると薫子だった。おっちゃんは残った麺を掻き込むように口に入れビッと一口スープを飲むと鉢を持って立ち上がった。残ったスープを残飯入れに捨て鉢をシンクに浸けると、回れ右をして中華鍋がのったコンロに点火した。

十

「天津飯」

注文を取った夏生が叫ぶ。おっちゃんは「天津飯」と低く復唱してコンロの前を離れた。冷水を出し終えた夏生が八角皿を取り出すと、それを夏生から引き取って「自分はあっちゃ」とコンロの方を見た。「はい」と返事して夏生はコンロに向かう。客に天津飯を作るのは、前に薫子に出して以来だった。客が途絶えていたせいだろう、冷え切った中華鍋はおっちゃんと夏生とのやり取りの間にちょうど良い感じに温まっていた。玉杓子で液体ラードをすくい、スナップを効かせてクルッと回す。鍋肌に一本の線となった液化ラードが鍋底に向かって流れ落ちる。柄を持って一度だけ鍋を回すと、ラードが付かなかった手前の鍋肌にもラードが浸みていく。夏生は玉杓子に溶き卵を入れると、その中に細切りの人参と干からびた輪切りネギをほんの一つまみ落とした。煙の上がり始めたラードに溶き卵を垂らす。縁にできた気泡をつぶすようにして固まった部分を溶き卵の中央へ中央へと寄せていく。鍋を回すとそれに応えるように円形に固まり始めた卵が鍋を滑る。「今や」空中で半回転した卵焼きはベチャリと鍋に納まった。夏生は火を緩め、八角皿をもう一枚出して飯を入れると、出来上がった円形卵焼きを鍋肌に滑らせながら飯に被せる。空かさずもう一枚の円形卵焼きを作り始めた。出来上がった円形卵焼きをおっちゃんの盛った飯に被せると、中華鍋に玉杓子二杯分の鳥がらスープを入れる。そこに甘酢を玉杓子一杯分と刻み人参、輪切りネギを投げ入れ味見した。やや濃い。夏生は溶き片栗を少し多めに入れ、鍋を早めに火から下ろした。まな板の上で待つ二つの八角皿に甘酸っぱい湯気が立つ甘酢餡を均等に垂らす。そして二枚目の円形卵焼きがのった天津飯にレンゲを付け薫子に出した。

「夏ちゃん、おおきに」

白い歯を見せて薫子が言う。夏生は薫子に黙礼して中華鍋を洗い始めた。それを見ておっちゃんはもう一つの天津飯にレンゲを付け、さっきまで自分が賄いラーメンを食べていた冷水器裏のスペースに置いた。鍋を洗い終わった夏生は「すみません」とおっちゃんが運んでくれた天津飯の前に座った。

「何や、夏ちゃんも夕ご飯なん」

天津飯を頬ばりながら薫子が言う。そして八角皿と冷水の入ったコップを持つとカウンターの端まで移ってきた。薫子の新しい席からは夏生が見える。夏生が見上げると薫子がいる。薫子が第一ボタンだけ外してピンク色のシャツを着ていることに夏生は今気付いた。

「夏ちゃん、うちにつき合うてくれはったん」

「いや、そういうわけでは……」

「せやけど、揃って同じもの食べるって美味しいわぁ。だってなぁ、うち、いっつも一人で食事やし……。そんで夏ちゃんが作ってくれはったんがまた嬉しいわ」

「わしの天津飯は美味うない言うんかい」

おっちゃんが腕組して薫子に言う。

「やあやわぁ、おっちゃんジェラシーやわあ」

薫子もおっちゃんも透き通った他愛なさに笑った。

夏生が食べ終わる。薫子も八角皿に残った米粒をレンゲで集めている。レンゲを止めて薫子は言う。

「おっちゃんも聞いてぇ。明日なあ、うち、伏見に帰るねん。伏見の実家に。そんで、最後のご飯はこのお店で頂こう思うて来てん。おっちゃんの料理は美味しいけど、夏ちゃんの天津飯もほんま美味しいん」

レンゲに集まった飯粒を口に含むと前歯でゆっくり噛んだ。そしていなくなった玄二を想った。

「ほな、うち行くわ。おっちゃんも夏ちゃんもおおきに。四条や新京極に遊びにきたら、またこのお店にも寄るさかい」

財布を取り出した薫子を制して「今日はあんたの新しい門出祝いや。お代は餞別代りや」とおっちゃんは笑った。

「おっちゃん、おおきに。夏ちゃんも元気でな。うち今は独りになってもうたけど、このお店来て元気出たわ。ほな」

薫子は出ていった。本当に、ほんの少しでも元気が出たのなら天津飯を作れてよかったと夏生は思った。

「十六日には、食べに来ます」と夏休み最後のアルバイト代を受け取って夏生は言った。

「盆を過ぎると客も帰って来よる」とおっちゃんは応える。勝手口で一礼して夏生は店を出た。一昨日が新月だったから今夜は三日月だ。しかし店を閉じる時刻には月はもう見えない。真夏日だったせいか午後九時を回っても空気は湿っぽく重かった。夏生は月のない夜空を見上げてから、南に走る街道を見た。街灯がわずかしかない薄暗い道筋に玄二と薫子のアパートがある。二階の奥の部屋に出前することはもうないだろう。「伏見の実家に帰る」と薫子は呆気なく店を出ていった。何か言い足りなさを彼女の背中に感じたが、逆に彼女は再会する日を必ず作るだろうとも思えた。

天国飯店から街道を天神川に向かって歩く。アルバイトから下宿生活へだんだんと空間が入れ替わっていく。二週間続いたアルバイトが終わり、夏生の心の中には少しずつ解放感が膨らんでいった。お地蔵様の祠を過ぎ、鉄製階段前の新聞受けを見る。朝刊は朝のまま。そして朝刊と新聞受けの間から葉書が頭を覗かせていた。

サオリからだな。夏生は深く息を吸ってゆっくりと葉書を引き抜いた。

母は元気になりました。店にも出ています。
安心しました。
雀荘の姉ちゃんにも慣れましたが、いよいよ
京都に帰ります。
十六日の四時過ぎ二〇五号系統で大将軍へ。

並んだ文字の藍色はもうすっかりサオリそのものだ。そう思いながら葉書を裏返すと上野動物園のパンダが竹を食べていた。十六日の午後四時過ぎを、俺はどう迎えようか。そう思いながら夏生は鉄製階段をカンカンと上り始めた。


八月十六日。

午後四時少し前、鉄製階段を下りたところを夏生は大家に呼び止められた。

「ああ、無藤さん、ええとこ会うたわ。すんまへんなあ。今、お米の配達頼まれましてん。お得意さんやし断れへんかったんや。でなあ、店が留守になるさかい、戻ってくるまで電話番してもらえまへんやろか」

大家は笑顔だ。米屋を営む大家の店舗は、西大路通りと交差する路地を挟んで夏生たちの下宿の対面に建っている。大家は配達用の軽トラックに積み込む二つ目の米袋を抱えていた。

「はあ」

「おおきになあ。すぐ戻って来るさかい、あんじょう頼んます」

大家の軽トラックは西大路通りに向かい、大将軍の交差点を左折した。その後、交差点を南に北に向かって走っては消える小さな自動車たちが見えた。

夏生は店の丸椅子を路地に持ち出し、大将軍の交差点が見えるところで腰を下ろした。両側に建つ住宅に挟まれた路地は遠近法で描かれた絵のようにだんだんと細くなっていく。歩けば二十秒もかからない距離なのに、交差点は狭い隙間に見えた。

店の中からは大家が点けっぱなしにしたラジオの声が聞こえてくる。

「夏休みも残すところ、あと半月ですね。小中学生のみなさんは夏休みにどんな思い出を作りましたか……」

夏生はアナウンサーの声を聞きながら、鉄製階段上り口にある新聞受けを見る。今は空っぽの箱だ。アルバイトから帰る度にサオリからの便りが入っているのではないかと胸の中がそわそわしたことが懐かしい。サオリからもらった五通の絵葉書は、沙央里が水色の便箋に書いた手紙と一緒に座机の引き出しに納めてある。便りをもらう度に胸が高鳴ったが、一方通行の便りだと思うと一人で細い糸にぶら下がっているような気持ちにもなった。これが一番の思い出だと夏生は思う。

もうサオリからの絵葉書は来ない。今、俺はサオリその人を待っているのだ。夏生は新聞受けから向き直った。

路地の左右に建つ住宅と住宅との隙間をじっと見つめているが、バスは通らない。夏生は丸椅子に腰かけながら空を見上げた。天気予報は曇りだと言うが、住宅に挟まれた路地の上空は青い。雨が降る気配は全くなさそうだ。

今夜一緒に送り火を見に行こうと、俺はサオリを誘う。

青空を見ながら夏生は肩に力を入れた。

視線をゆっくり下ろす。瞬間、交差点を北に向かって消えていく市バスが見えた。何系統のバスかは分からなかった。夏生は拳を握りながら信号が変わる時間を待った。西日が射してきて交差点が光る。

人や車の流れが止まり、交差点は空っぽになった。

「今夜の天気は曇り。京都市では大文字の送り火が行われます」

ラジオのアナウンサーに呼応するように横断歩道を西から東に向けて渡り始めた人たちのかたまりが見えた。日傘をさした婦人、横断歩道を駆けて来る子ども、ハンカチで汗をぬぐう白いシャツの男たち。横断歩道を渡り切った人たちが右に左に折れると、西大路通りを渡り終えるサオリが見えた。

「来た」

十

夏生は立ち上がった。

西日でぼやけて見えたサオリの姿は、両側の住宅で幾分暗くなる路地に入るとくっきりと見える。ピンク色のボタンシャツにデニムのミニスカート。サオリは白いショルダーバッグをたすきに掛け、両手でショルダーのストラップを握りながら歩いてくる。

サオリは歩きながらポケットからハンカチを取り出して額の汗を取った。

サオリが立ち止まった。

白い歯が見えた。

夏生も思わず笑う。

ハンカチを持ったままサオリは右腕を振った。

「夏生さあん」

「お帰り」と心の中で言う。

「夏生さあぁん」

サオリはハンカチを振ったまま真っ直ぐ歩いてくる。その声に応えたいが、体が動かない。

「夏生さあああん」

サオリの表情がはっきり見えた。丸いレンズ越しに大きな目も見える。

ルルルル……ルルルル……

電話が鳴っているようだ。

いや、確かに鳴っている。

そんなもん……、構うか。

「よしっ」

夏生は一歩を踏み出した。

この物語はフィクションであり、実在する
個人・団体・企業等とは関係ありません。

〈著者紹介〉
竹村和貢（たけむら　かずみつ）
1960年5月31日福井県生まれ
学生時代を京都で過ごす

毎度《まいど》、天国飯店《てんごくはんてん》です

2023年6月30日　第1刷発行

著　者　　竹村和貢
発行人　　久保田貴幸

発行元　　株式会社 幻冬舎メディアコンサルティング
〒151-0051　東京都渋谷区千駄ヶ谷4-9-7
電話　03-5411-6440（編集）

発売元　　株式会社 幻冬舎
〒151-0051　東京都渋谷区千駄ヶ谷4-9-7
電話　03-5411-6222（営業）

印刷・製本　中央精版印刷株式会社
装　丁　　田口美希

検印廃止

Printed in Japan
ISBN978-4-344-94559-3 C0093
幻冬舎メディアコンサルティングHP
https://www.gentosha-mc.com/